지금을 사는 여행

낯선 곳에서의 굿모닝

지금의 경험이 행복의 밑거름이 되어,
누구보다 예쁘게 피어날 당신께.

목차

내 어린 시절 여행 메이트, 가족

어릴 적부터 우리 가족은 여행을 즐겨 다녔다. 바다면 바다, 산이면 산, 계곡이면 계곡. 차로 갈 수 있고, 자연을 마음껏 볼 수 있는 곳이면 어디로든 다녔다. 여행이 좋았다.

캐리어에 좋아하는 애착 토끼 인형을 꼭 넣어 다녔고, 부모님이 사진을 좋아하셔서 필름 여러 통과 필름 카메라도 필수로 챙겼다. 어렸을 때부터 기록의 중요성을 배우게 된 것이다. 사진과 오래된 캠코더에 담아둔 여행의 기록들이 있기에 그때의 나, 그리고 부모님을 볼 수 있게 된 것이 감사했다. 물론 남은 짐을 챙기는 것은 고스란히 부모님의 몫이었다. 먼 길을 떠나야 하니, 아직은 어린 우리 형제들을 위해 차 안에서 먹을 과자 몇 봉지와 주전부리들을 챙기는 걸 잊지 않으셨다.

아빠의 차 안 뒷좌석은 오롯이 나만의 공간이었다. 그곳에서 나는 어린아이가 할 수 있는 상상의 나래를 마음껏 펼쳐나가며 가족들과의 여행을 시작하곤 했다. 폭신폭신한 차 시트에 누워서 시시각각 바뀌는 창문 밖의 풍경들을 보며 목적지까지 가는 길. 창밖으로 파란 하늘에 흰 구름이 보이기라도 하면 너무 좋아서 하염없이 하늘을 바라봤다. 어린아이가 바라보는 그 풍경은 신기하고 아름다웠다. 수만 가지의 구름의 모양을 보면서 좋아하는 동물들의 모습들을 그려보기도 하고, 자유롭게 나만의 세상을 꿈꾸면서 달려갔다. 창문을 살짝 내려, 손가락 사이사이 스며 들어오는 바람의 간지러운 느낌을 즐기기도 했다. 물론 어른이 된 지금도 하늘을 보는 것을 너무 사랑하고, 예쁜 하늘을 보면 좋은 감정을 주체할 수가 없다.

그 시절, 여행 가는 길에는 흔히 볼 수 있는 풍경이 있었다. 지금은 볼 수 없지만 막히는 고속도로 사이사이로 뻥튀기와 옥수수, 주황색 그물망에 담겨 있는 달콤한 귤, 심지어 달달한 믹스커피까지. 차 안에서 먹을 수 있는 다양한 간식거리를 파는 상인들이 있었다. 그분들의 호객행위를 그냥 지나치지 못하고 운전석 창문을 내려 뻥튀기와 옥수수, 귤과 믹스커피를 사서 야금야금 간식을 먹었다. 그러다가 휴게소에 도착하면 핫바와 통감자, 핫도그를 한가득 사서 다시 여행길에 오른다. 뒷자리에서의 간식들은 정말이지 꿀맛이었다. 역시 여행은 먹거리를 빼놓을 수 없다.

또 차 안에서 들었던 음악들을 아직도 기억한다. 유행하던 90년대 음악들을 카세트테이프에 녹음해서 부모님이 틀어주면, 나도 모르게 가사들을 다 외워서 부르곤 했다. 가사지를 따로 안 봐도, 가사를 빨리 외울 수 있었던 것은 기억력을 높이는 아날로그의 장점 때문이다. 디지털화가 된 지금은 가족들의 핸드폰 번호조차 외우는 게 쉽지 않은 시대가 되었는데, 좋아하는 노래 가사와 전화번호를 척척 외우던 그때가 그립기도 하다.

여행길에서 흘러나오는 음악들, 차 안에서 먹는 간식들, 일상과는 다르게 새로운 풍경들, 색다른 곳에서 마주하게 되는 그 모든 것이 우리에게 설렘으로 가득 찬 경험, 웃음을 그리는 추억이 된다. 그렇게 여행의 경험들이 쌓이고 쌓인다.

지금은 내비게이션이 길을 알려주지만, 그 시절엔 전국 구석구석이 그려진 지도책이 있었다. 아빠는 그 지도책을 펼쳐서 길을 찾기도 했고, 워낙 길눈이 밝으셔서인지 목적지까지 가는 지름길도 척척 찾아내셨다. 우리의 발길이 닿는 길 위에 존재하는 것은 또 다른 신선한 경험이 된다. 예상치 못한 곳에서 귀한 보물을 발견하듯, 새로운 길에 가는 것이 좋았다. 그 길에서 잊지 못할 에피소드를 만들어내기도 하고 목적지까지 조금 돌아가도 괜찮아, 라는 마음을 갖게 한다. 덕분에 나는 비록 어리지만, 행복해지는 방법이라든지, 충분한 여유를 누리는 것이나 즐거움을 위해 현실의 불편함을 인내하는 것, 낭만 앞에서 비어져 나오는 용기로 당당해지는 것 등을 배우게 되었다. 이러한 경험들은 혼자서도 척척 여행길에 오르게 되는, 지금의 나를 만든다. 여행의 경험들은 상상치 못한 신비를 만들어낸다. 이것들이 내 안에 하나하나 차곡차곡 쌓여서, 지금의 나를 그때의 나보다 훨씬 더 성장시킨다. 내가 바라보는 세상을 더 넓어지게 해준다.

여행 가자.

그 한마디가 시간을 넘어 여전히 나를 설레게 한다.

일상에서 벗어나 눈이 탁 트이게 하는 장소들, 예상치 못하게 만난 사람들과 작은 동물들, 상상보다 더 넓고 광대한 산과 바다, 여러 가지 모양으로 디자인된 풍경, 자연의 냄새와 소리, 지역별로 맛볼 수 있는 전통음식과 제철 음식들, 기록으로 남기고 싶을 때마다 차에서 내려 필름 카메라의 셔터를 연신 눌러대던 추억의 사진들.

이 모든 것을 함께 했던 건 어린 시절 나의 여행 메이트, 가족. 여행을 즐겨 하는 가족이 있었기에 그 소중한 경험이 포근하게 쌓였다. 어린 시절 여행 조각들은 새로운 세상을 만나는 것이었고, 함께하는 여행의 즐거움을 느끼게 한 가족의 사랑이었다.

에피소드 1.

K-장녀 여행 준비

"딸, 엄마랑 해외여행 가자."

"어디로?"

"물놀이도 실컷 하고, 맛있는 것도 먹고, 잘 쉬다가 올 수 있는 곳으로."

여행 가자, 라는 말과 동시에 안도하는 마음이 흘러 나왔다. 일상으로 꽉 막혔던 숨이 휴, 하고 쉬어지는 기분이 랄까. 나는 바빴던 일상과 분주했던 머릿속을 정리하고 올 수 있다는 해방감을 느꼈다. 그러면서 찾아온 또 다른 감정. 엄마랑 가는 해외여행이라니.

K-장녀의 생각은 바빠지기 시작한다. 마치 드라마

〈유미의 세포들〉처럼 내 속에서 깊은 신호가 울린다. 여행의 설렘을 온전히 느낄 새도 없이 엄마와 함께 떠나는 해외여행이라 AZ까지 꼼꼼하게 준비해야 해, 라는 생각으로 가득 찼다. 그것도 국내 여행이 아니라 해외여행이었기에 일어날 수 있는 갖가지 변수에 대처할 준비가 필요했다. 상황이 이러하니 내 MBTI가 P이지만 이럴 때는 재빨리 J의 모드로 바뀐다. 지금 나에게 필요한 것은 바로 J의 철저한 계획성이다. 엄마랑 해외에서 싸우지 않고 즐겁게 여행하고, 잊지 못할 추억을 만들며, 안전한 여행을 하기 위한 여행계획.

잘 다녀올 수 있겠지?

여행을 가기 위해서는 미리 준비해야 하는 것이 많았다. 부모님과 함께하는 여행인 만큼, 깨끗하고 편안한 숙소와 부모님의 입맛을 고려한 식당을 찾아보는 것. 여행 갈 때 제일 중요한 여권을 챙기는 것. 여행경비와 세부 일정을 세우는 것. 왕복 항공편과 현지 교통편을 알아보는 것. 현지 상황에 맞는 필요한 여행 물건들을 챙기는 것. 여행지에 대한 정보들을 수집하는 것. 더군다나 시시때때로 바뀌는 환율을 체크 하며 가장 적절한 시기에 맞춰 환전하는 것까지 다 챙겨야 한다. 부산스러워진 나는 지금 당장 해야 하는 것부터 하나씩 준비해 나갔다.

이번 여행을 자유여행으로 가볼까 했지만 어쩐지 내 시선은 패키지여행으로 향했다. 패키지여행이 내 부담을 덜어줬기 때문이다. 여행자 보험, 항공편, 숙소, 식사, 세부 일정 등. 여행의 까다로운 일체는 여행사에서 해결해 준다. 그러니 부모님과 해외여행을 해야 한다면 무조건 패키지여행을 추천한다.

사실 나는 패키지여행을 가본 적이 없다. 자유롭게 내 마음대로 하는 여행에 익숙한 나에게 지인들은 말했다. 부모님과의 여행은 패키지로 가는 게 편하다고. 짜인 일정대로 움직이고, 때 되면 식사를 챙겨주고, 여행의 길잡이가 되어주는 가이드가 있는 패키지여행. 나도 복잡한 건 내려놓고, 그저 즐기기만 하면 되니까. 조금 더 마음 편하게 다녀올 수 있을 것 같았다.

그동안 내가 생각한 패키지여행의 고정적인 이미지가 있다. 그건 선글라스를 쓴 가이드가 각 팀명과 여행할 장소가 쓰인 깃발을 들고 수십 명이나 되는 관광객들을 인솔해서 여행하는 모습이었다. 많은 인원이 한데 모여서 같은 시간을 보내는 것이 과연 재미있을까, 라는 생각을 했던 적이 있었는데, 결국 나도 패키지여행을 선택하는 날이 왔다. 친절한 키다리 아저씨 역할을 해줄 패키지여행이 이번 모녀 여행에 즐거운 추억을 만들어주길.

다양한 패키지여행 상품 중에서 우리가 원하는 일정과 예상한 경비, 가고 싶은 여행지의 상품을 찾는 데는 꽤 오랜 시간이 걸렸다. 여행 상품들에는 생각보다 더 다양한 옵션들이 있었고, 그 여행을 다녀온 사람들의 후기도 많이 있었다. 인터넷으로 보는 여행 후기들을 보고 있으니까 이미 여행을 시작한 느낌이라 설레고 좋았다. 다양한 여행의 후기들을 보며 텍스트로 적다 보니 마음에 드는 장소들을 발견하기도 했고, 엄마랑 이건 꼭 해봐야지 하는 액티비티들도 있었다. 정보는 점점 쌓이고 있었지만, 다양한 옵션 속에서 마음에 쏙 드는 상품을 선택하는 게 어려워지기 시작했다. 결정장애가 오듯 점차 정신이 혼미해졌다. 내가 선택하고 결정하는 데 큰 도움이 되지 않았다.

중요한 상황을 결정할 때마다 느끼는 것이 있다. 그건 바로 남들이 말하는 것에만 귀를 기울이다가 그것에 영향을 받아, 내가 원하는 것과는 전혀 다른 선택을 하는 것이다. 그래서 항상 그 선택을 후회하거나 꼭 해야만 할 경험을 놓치게 되는 일들이 발생한다. 그렇기에 더욱 결정과 선택의 주체는 나여야만 한다는 것을 배운다. 내가 원하는 것을 하는 것.

타인의 경험보다는 내가 직접 느끼고, 보고, 먹고, 경험하는 것이 훨씬 중요하고 소중하다는 것을 다시금 느낀다. 여행을 준비하며 배운 이 깨달음은 마음의 짐을 조금씩 덜어준다. 이런 생각에 미치니 우리가 가고 싶은 곳, 먹고 싶은 것, 하고 싶은 것을 구체적으로 정하기 시작했다.

그래. 우리가 하고 싶은 것을 하는 여행을 하자.

복잡했던 선택의 폭이 단순화되는 과정이라 너무 감사했다.

우리는 패키지 일정 중에서 단 하루만은 자유일정이 있는 것을 선택했다. 자유일정이 있는 날은 계획에서 벗어나 P의 성향대로 자유롭게 시간을 보낼 생각이다. 뭔가를 꼭 하지 않아도 괜찮으니까. 여유 있게 시간을 써야지.

때문에 구글 지도로 자연스럽게 시선이 향한다. 한국에서 현지 정보를 수집할 때 구글 지도는 꼭 필요하다. 이건 오랜 여행 경험으로 배운 방법이었다. 구글 지도에 나와 있는 현지 지도를 보면 여행 동선을 쉽게 짤 수 있고, 현지 맛집과 현지에서 가볼 만한 곳을 찾을 수 있다. 현지에서 길을 찾을 때도 아주 유용하게 사용한 기억이 있다. 구글 지도 만세!

여러 가지 시행착오 끝에 드디어 여행 준비 끝. 떠나기만 하면 된다. 부모님과 함께 가는 해외여행을 준비하는 과정에서 '나'가 주체적으로 사는 삶을 배운 K-장녀의 큰 깨달음과 함께 코앞으로 다가온 D-day. 이번 여행에서는 어떤 예상치 못한 일들이 우리를 기다리고 있을까? 신선하고 새로운 경험치가 쌓이게 될지 기대가 된다.

일단 홀가분한 마음으로 떠나보자고!

에피소드 2.

반가워, 코타키나발루

우리나라 가까이에 있는 따뜻한 나라, 동남아시아. 비행시간이 그리 길지 않아 일정이 짧아도 잘 쉬다가 올 수 있는 최고의 휴양지. 여행 정보가 가장 많은 필리핀, 베트남, 태국. 이 3개국은 내가 많이 가본 곳이어서 피하고 싶었다. 나는 같은 동남아지만, 다른 분위기를 가진 새로운 여행지로 여행을 떠나고 싶었다.

영어로 소통할 수 있고, 물가가 저렴하고, 따뜻한 휴양지로 알려진 곳이 어디 없을까?

휴양지, 수영, 석양, 해외여행, 동남아 여행, 치안이 안전한 여행지, 깨끗한 자연 등. 다양한 키워드로 폭풍 검색을 하다가 석양으로 유명한 코타키나발루를 찾아냈다. 처음 알아낸 새로운 여행지에 눈이 커졌다. 그래서 엄마에게 물었다.

"엄마, 코타키나발루 어때?"

"처음 가보는 데라 너무 좋은데?"

새로운 나라에 가는 경험이 우리가 세상을 바라보는 시야를 더 넓게 해줄 것이라는 생각에 신이 났다. 이름마저 신비롭게 느껴지는 코타키나발루가 궁금해졌다. 적도 바로 위, 북반구에 있는 말레이시아. 코타키나발루.

우리나라 사람들에게 휴양지로 유명한 코타키나발루는 동말레이시아 보르네오섬 사바주에 있다. 자연이 아름다운 코타키나발루는 적도 근처에 있어서 석양이 그렇게 황홀하다던데. 유독 하늘 보는 것을 사랑하는 나는 인생 석양을 볼 수 있다는 기대감에 자꾸 웃음이 새어 나왔다.

코타키나발루! 무조건 여기 가야겠다.

동남아 여행을 몇 번 가봤지만, 말레이시아를 여행할 거라는 생각을 해본 적이 없었다. 아직은 낯선 코타키나발루를 잘 탐험하고 경험하고 와야겠다는 마음이 들었다. 여행을 준비하며 마치 J가 된 것처럼 꼼꼼하게 일정과 플랜 B까지 세우고 정신을 차려보니, 코타키나발루행 밤 비행기 안에 엄마와 내가 있었다.

"엄마, 우리 드디어 비행기를 타고 여행 간다."

"그러게, 설레고 좋다. 즐겁게 갔다 오자."

3박 5일의 짧은 일정을 엄마랑 코타키나발루에서 지내다니. 이제야 내 마음이 진심으로 설렌다. 여행 준비가 다소 복잡하긴 했지만, 캐리어를 끌고 집을 나서는 순간만큼은 그것들이 사라지고 오히려 설렘만 남았다. 우리 모녀의 여행이 부디 안전하고 즐겁고 기억에 남는 여행이길 바란다.

처음 가는 말레이시아, 코타키나발루야 잘 부탁해.

에피소드 3.

밤 비행기 창문 밖에서 벌어지는 일

비행기 탈 때 창가와 복도 중 어느 자리를 좋아하나요?

누군가가 이런 질문을 하면, 단거리 비행에서는 무조건 창가 자리요, 라고 대답한다. 창가 자리에서 볼 수 있는 하늘 위의 다채로운 풍경은 드문 경험이기 때문이다. 비행기 창문 밖에는 태어나서 처음 보는 아름다운 풍경들이 펼쳐진다. 비행기가 떠 있는 위치에 따라서, 혹은 시간대에 따라서 하늘의 다양한 풍경을 보게 된다. 지상에서만 있으면 절대 알 수 없는 하늘의 모습들. 이 아름다운 하늘 풍경을 놓칠 수 없지.

밤 비행을 할 때는 깜깜한 하늘에서 볼 수 있는 풍경이 제한적이긴 하지만, 그래도 그 자리를 절대적으로 고수한다. 조용하다 못해 고요한 밤 비행만의 매력을 경험하기 위해서라면.

어떤 풍경을 만나게 될까?

코타키나발루로 가는 5시간 20분 비행을 하는 동안 마주하게 된 밤하늘. 나에게 찾아와 준 그 풍경을 오래 기억하기 위해, 가방에서 일기장을 꺼내 꾹꾹 눌러써 내려갔다. 영화 〈인터스텔라〉에 나오는 광활한 우주에서 날고 있는 기분이었다. 고요하고, 아름다웠다. 우리를 태운 비행기는 바다와 하늘의 중간 어디쯤 날고 있었다. 셀 수도 없는 수많은 별 사이를 날고 있었다. 경계를 알 수 없는 수평선 위에 펼쳐진 별들은 내 시선을 사로잡았다. 밤의 하늘은 하얗게 빛나며 보석처럼 부서진다. 이렇게 많은 별을 본 게 얼마 만이지?

필리핀에서 잠시 살 때, 그야말로 예능 〈정글의 법칙〉에 나올 법한 작은 시골 마을에서 6개월간 살았던 적이 있었다. 시골 마을이라 그런지 높은 빌딩은 찾아볼 수 없고, 다양한 동물들이 사람과 한데 모여 사는 나무집들, 낮은 담벼락, 야자수와 바나나 나무들만 있어서 시야가 온통 탁 트인 곳이었다. 필리핀의 시골인 만큼 전기가 쉽게 끊겨서 마을 전체가 정전된 적도 많이 있었다.

정전될 때마다 서랍 곳곳에 보관했던 초를 켜서 깜깜한 필리핀 시골의 밤을 밝히고는 했었다. 하루는 정전과 동시에 하늘을 바라봤고, 서서히 어둠에 익숙해지자 눈앞에서는 놀라운 광경이 펼쳐져 있었다. 초를 찾아야 한다는 생각도 잊어버린 채, 말도 안 되는 풍경에 한없이 하늘만 바라봤다. 모든 것이 어두워서 앞이 잘 보이지도 않았지만, 선명하게 하늘에는 수많은 별과 은하수가 길을 내며 빛을 발하고 있었다. 한국에서는 절대 볼 수 없었던 밤하늘의 별들과 은하수.

'나 은하수 처음 보잖아. 저렇게 넓고, 깊고, 밝게, 하늘에 길을 만들고 있다니. 심지어 여기는 한국도 아니고 필리핀인데! 나, 여기 오길 너무 잘했잖아.'

그렇게 한참 동안 은하수를 바라보며 시간을 보냈다. 순간, 하늘의 한 귀퉁이로부터 별똥별이 가라앉고 있었다. 별똥별조차 처음 봤던 그 날. 나는 새로운 모험을 한 것만 같았다. 하늘에 걸린 숱한 보석들이 제각기 빛을 내고 있었던 그 하늘, 그 밤. 이 모든 것은 어쩌면 내 헛헛한 마음에 위로이자 선물로 다가온 것은 아니었을까. 밤 비행을 하며 바라본 하늘은 필리핀에서 살았던 과거의 시간으로 나를 데려가 그때의 나로 머물게 했다.

코타키나발루에 점점 가까워지면서 갑자기 비가 쏟아진다. 비행기가 흔들리고 빗방울이 창문을 때린다. 저 멀리서 번개가 구름과 구름 사이에서 만들어지고 있었다. 꿀렁대는 검은 구름 사이에서 번개가 만들어지는 과정을 보고 있자니, 현실감 없는 장면에 다시 시선을 빼앗기고 말았다. 하늘에 있으니까, 하늘에서만 벌어지는 일들을 보게 되다니 놀라울 따름이었다. 짧은 비행을 하는 동안, 밤하늘을 통해 얻어가는 경험들이 이렇게나 많다. 내가 비행기에서 창가 자리를 좋아하는 이유다.

밤하늘에서 펼쳐지는 신비를 보고 싶다면,

밤 비행기를 타라.

에피소드 4.

ATM기 대소동

인생은 선택의 연속이라고 한다. 내 앞에 주어진 여러 가지의 카테고리 중에 하나를 선택하면, 거기에서도 또 다른 선택지가 있다. 누구나 선택의 갈림길에 서서, 자신만의 방법으로 나아간다. 여행하는 동안에도 선택의 갈림길에 서서 어떤 것이 최선인지 고민하는 나를 발견한다. 치열하게 생각하는 선택들이 어떤 결과를 가져올지는 나도 정확히 모르겠다. 결과와 상관없이 경험하게 되는 과정이 나를 성장하게 하는 것이면, 그것만으로도 이미 충분치 않을까. 어떤 선택이든, 잘하고 있어.

코로나19 사태 이후, 해외여행을 위한 하늘길이 열리면서 환전에 대한 부분들도 변화가 생겼다. 그동안은 해외에서 사용할 수 있는 Visa 신용카드를 쓰거나, 환율을 비교해서 현지 화폐로 환전해 여행을 떠났다. 지금은 여행의 편리함을 위해, 현금을 환전해 가지 않아도 카드와 앱을 통해 현지에서 직접 카드 결제와 현지 ATM기에서 현지 화폐로 인출 할 수 있고, 환전 수수료를 절약할 수 있는 카드인 트래블월렛 카드가 생겼다. 이제는 여행하기에 편리한 세상에 살고 있음에, 감사하지 않을 수 없었다.

코타키나발루에서도 트래블월렛 카드 사용이 가능하다고 하여, 여행경비를 이것으로 해결하기로 했다. 만약의 상황을 대비해서 신용카드와 현지에서 꽤 좋은 환율로 환전할 수 있는 한국 돈 오만 원권도 챙겼다. 챙길 수 있는 것은 꼼꼼하게 다 챙겼다고 생각했다. 현지에서는 카드보다 현금만 사용 가능한 곳이 있다. 그래서 적은 금액이라도 현금을 가지고 있어야 했다. 인천 공항에서 환전을 조금이라도 할까 하다가, 현지 공항에 ATM기가 있다고 해서 수수료도 아낄 겸 현지 공항에서 돈을 찾아야겠나고 생긱했디. 이 자음 선택이 훗날 나에게 어떤 상황을 만들어줄지도 모른 채, 핸드폰 메모장에 적혀 있는 사용법을 여러 번 읽었다.

그렇게 만반의 준비를 다 했다고 생각했는데, 한국을 떠나는 순간 갑자기 카드가 안 되면 어떡하지, 라는 불안감이 찾아왔다. 코타키나발루행 비행기 안에서 엄마와 내 핸드폰 유심을 교체하며 애써 내 마음을 다독였다. 괜찮을 거라고. 비행기의 소음이 달뜬 나를 백색소음처럼 진정시킨다.

자정이 다 되어 코타키나발루 공항에 도착했다. 내가 가이드님한테 제일 먼저 물어본 것은 대체 어디에 ATM기가 있느냐는 것이었다. 마침 여행할 팀들이 모이고 있는 찰나여서 가이드님이 알려준 방향을 향하여 재빠르게 뛰어갔다. 눈앞에는 여러 개의 기기가 펼쳐져 있었다. 그런데 맙소사! 사용하기에는 너무 늦은 시간이라 하나도 작동되지 않았다. 팀들이 함께 모여 각자 예약해 둔 숙소로 이동해야 하는 상황이라 일단 후퇴. 나는 조급해져서 오만가지 생각이 들었다.

'조금이라도 현지 돈으로 환전을 해서 올 걸 그랬나? 역시 내 생각대로 흘러가지 않는구나. 괜찮아. 이게 여행의 묘미지. 방법이 있을 거야.'

이러한 변수가 있을 거라는 생각을 미리 못한 게 내 실수였다. 당황했지만 침착하려 노력하며 숙소로 가는 도중, 우리가 묵을 수트라하버 퍼시픽 호텔에 ATM기가 있다는 정보를 들었다. 거봐! 역시 방법이 있을 줄 알았다니까, 하고 안도감이 확 몰려왔다. 하지만 이건 전초전에 불과했다.

수트라하버 퍼시픽 호텔은 마젤란 리조트와 같이 되어 있어서 내부 시설들을 편리하게 이용할 수 있게 셔틀버스를 운행한다. 마젤란 리조트 가는 길에 기기가 있다고 해서, 다음 날 아침 일찍 호텔 셔틀버스를 타고 갔다. 엄청나게 유쾌하신 셔틀버스 기사분이 우리를 환영해주고 이름을 물어본다. 한국에서 온 우리 모녀를 보고, Kpop 가수들의 이름을 하나씩 나열하시더니 이내 껄껄 웃으신다. 기사분의 파이팅 넘치는 긍정의 에너지가 아침부터 기분을 좋게 해주었다. 그렇게 리조트 안을 돌고 돌아 수트라 마리나 클럽 앞에 도착했다.

그렇게 도착한 기기 앞에 서자, 그 위에는

'TEMPORARY OUT OF SERVICE.'

(서비스 일시 중단)

라고 쓰여있었다. 이게 바로 그 유명한 머피의 법칙인 건가? 방금까지 느꼈던 유쾌한 마음들은 없어지고 머리가 지끈지끈 아팠다. 아침이면 해결될 줄 알았던 일이 이렇게 꼬여버리다니. 이쯤 되니 과연 코타키나발루에서 ATM기를 사용하고 있는 게 맞나? 라는 생각도 들었다. 마음이 혼란스러운 중에 주변을 둘러봤다. 지금 이 상황과는 다르게 주변 풍경은 너무나도 평화로웠다. 미세먼지 하나 없는 깨끗한 하늘과 뭉게구름들, 아침을 알리는 새소리, 동남아답지 않게 전혀 습하지 않아서 기분 좋은 바람이 불고 있었다. 그리고 여행의 설렘으로 가득 찬 엄마를 보고 있으니, 어쩐지 마음이 풀렸다. 그래, 잊어버리자. 우리만의 시간을 이렇게 쓸 순 없지. 별일 아닌 일에 마음을 빼앗겨 코타키나발루에서 보낼 시간을 엉망으로 보내고 싶지 않았다. 코타키나발루 여행을 더 즐겁게, 기억에 남게 누리고 가야지.

다시 호텔로 돌아가는 길에 만났던 셔틀버스 기사분은 여전히 유쾌했고, 긍정 에너지를 우리에게 전해준다. 그날 일정을 끝내고, 쉬는 시간에 혹시나 하는 마음으로 다시금 기기를 확인했지만, 여전히 고장이었다. 이 때문에 셔틀버스 기사분이랑 몇 번을 만났는지. 기사분의 인사가 어느새 "Did you use ATM?"이 되어 버린 웃픈 이야기.

여행하는 동안 가장 현금을 사용할 것 같았던 섬 투어에서는 현금이 전혀 필요하지 않았다. 현금이 필요한 곳은 전혀 예상치 못한 의외의 장소이긴 했지만. 어쨌든 결국 기기를 찾은 것은 공항도 아니고, 호텔도 아닌, 코타키나발루에 있는 가장 유명한 Imago Shopping Mall이었다.

"딸, 찾았다!"

"마음의 짐이었는데, 드디어 찾아서 다행이야."

이렇게 온종일 애를 태웠던 대소동이 끝이 났다. 여행을 다녀오고 몇 개월이 한참 지난 지금도 우리에게 이 사건은 기억 한켠의 난리 블루스로 남아있다. 그땐 그랬지, 라고 하하 호호 웃으며 이야기할 수 있는 즐거운 추억이 되었다.

여행을 떠나려고 한다면, 적은 금액일지라도 현지 현금은 꼭 한국에서 준비하라고 말해주고 싶다. 여행 중에 나처럼 돈 때문에 ATM기를 찾아야 하는 시간을 줄이려면 말이다.

에피소드 5.

세계 3대 석양의 나라

낭만 있는 여행을 즐기는 나만의 습관. 여행을 떠나면 꼭 해야 하는 습관이 있다.

　　하늘에 푹 빠져버린 하늘 마니아인 나는, 해가 질 때마다 내가 어디에 있든지 하늘의 변화를 관찰해야만 직성이 풀린다. 어린 시절, 달리는 차 안에서 하늘을 바라보던 습관을 지금도 가지고 있다. 여전히 하늘은 사랑이다. 일상생활을 하다 보면 해가 뜨고 지는 그 순간의 하늘을 보는 일이 드물다. 그래서인지 여행지에서만큼은 밥 먹는 것보다 더 하늘을 바라보는 습관을 지켜낸다. 가는 장소마다 하늘의 다양한 색깔들을 볼 수 있으니까 자연스레 마음이 살살 녹는다. 타이틀이 타이틀인 만큼 코타키나발루의 하늘이 궁금하다. 어떤 하늘을 보게 될까?

여행하는 내내 하늘에 집중하는 시간을 가진다. 동남아답게 낮에 보이는 하늘은 깨끗하고 맑고, 청량하다. 지나가는 구름도 크고, 몽실몽실 예쁘다. 푸른 빛과 에메랄드빛을 내는 바다와 곳곳에 있는 야자수, 이 모든 것과 어우러진 하늘을 보는 것 자체가 힐링이다. 해가 질 때 코타키나발루 하늘에 뿌려지는 다채로운 색깔들을 보고 싶었다.

코타키나발루의 선셋 포인트로 가는 중에 해가 조금씩 지고 있었다. 그때만 해도 하늘에 큰 변화가 없었다. 우리가 갔던 10월은 코타키나발루 우기 시즌이었지만, 날씨요정이 내 편이어서 그런지 몰라도 여행하는 내내 날씨는 맑음이었다. 대신 세계 3대 석양을 보기란 쉽지 않았다. 저녁 하늘에 구름이 많이 있었기 때문이다. 몇 분을 한참을 달려 도착한 맹그로브 숲 선착장에서 올려다본 하늘은 살짝 핑크빛으로 바뀌어있었다. 너무 예쁘긴 했지만, 세계 3대 석양이라는 명성과는 다른 하늘이 매우 아쉬웠다. 여행지에서 만난 일행들과 엄마와 나는 맹그로브 숲으로 늘어가는 낑에서 배를 탔다. 배를 타고 한참을 달려 선셋 포인트로 가는 길에 내 아쉬운 마음을 알았는지, 시간이 지날수록 하늘은 점점 노란빛으로 그러데이션을 만들어낸다.

코타키나발루 석양에 대한 기대감이 알록달록 예쁜 색깔들로 채워지는 순간이다. 우리와 가까이 닿아 있는 하늘부터 저 끄트머리에 있는 높은 곳에까지. 노랑, 주황, 보라, 푸른빛으로 가득 차오른다. 그렇게 어두운 빛의 순서로 색의 향연이 이어진다. 순식간에 하늘은 내가 평소에 보지 못하는 색깔들로 뒤덮인다. 우와 내가 뭘 보고 있는 거지? 절대 상상할 수 없었던 적도의 석양에 압도되어 입이 떡하고 벌어졌다. 코타키나발루의 석양은 적도에 가까워서, 활활 타오르는 불과 가까운 빛들을 낸다는 이야기를 들었다. 붉게 물든 하늘은 감히 세계 3대 석양이라고 불릴 만큼 자신의 존재감을 강렬하게 드러내고 있었다.

붉게 타오르는 적도의 석양.

눈 앞에 펼쳐진 석양이 황홀하다 못해 내 시선과 마음을 빼앗아 간다. 누군가가 드넓은 하늘에 여러 종류의 붉은색 물감들로 시간마다 색깔을 칠해놓은 것만 같았다. 내가 아는 붉은색보다 더 화르르 타오르는 색감이 내 앞에 펼쳐진다. 그야말로 색깔들의 축제가 벌어졌다. 인간이 만들어내는 어떠한 예술 작품보다 자연이 만들어내는 하늘의 예술이 훨씬 훌륭해 보였다. 감탄의 감탄을 자아내게 만든다. 장관이었다. 마치 코타키나발루에 여행 온 우리에게 이곳에 잘 왔어, 라고 말해주는 듯했다.

붉게 타오르는 적도의 하늘과 잔잔하게 흐르는 강을 배경으로 엄마와 내 모습을 사진과 영상으로 기록한다. 내 인생 석양. 적도의 석양이다.

에피소드 6.

반딧불이를 좋아하세요?

반딧불이가 있는 맹그로브 숲.

반딧불이를 보려면 강 깊숙이 있는 반딧불이 포인트로 가야 한다. 고요하게 흐르는 강을 따라가다 보면, 선착장에서 보이던 불빛들은 하나둘 사라지고 어둠으로 가득한 숲을 마주하게 된다. 맹그로브 숲은 불이 꺼져있는 수상 가옥들과 함께 나무뿌리가 밖으로 나와 있는 신기한 나무들로 가득하다. 단단하게 얽혀 있는 맹그로브 숲의 나무들은, 그 터전을 자연재해로부터 든든하게 지켜주고 있었다. 우리를 태운 보트는 계속해서 앞으로 나아간다. 문득 한 생각이 스친다. 악어가 있다고 했는데 이 어둠 속에서 악어가 나오지 않겠지? 라며 마음이 쪼그라든다. 불현듯 든 생각이 입고 있던 구명조끼를 더 꽉 조이게 만든다. 여행자들을 태운 보트는 물살을 가르며 더 깊은 어둠이 있는 곳으로 달려간다.

어느 지점에 도착했을 때, 가이드님은 뱃머리 앞에 서서 반딧불이를 부를 준비를 한다. 반딧불이를 부른다는 새로운 발상에 조금은 놀라웠다. 가이드님은 야광봉같이 노란 불빛을 내는 무언가를 꺼내서 반딧불이를 부르는 행위를 시작했다. 그 상황이 신기하기도 하고 진짜인지 긴가민가하기도 했다.

"반딧불이는 이렇게 부르면 와요. 그러니까 조금의 불빛도 있어서는 안 돼요."

어디선가 하얀 불빛을 깜박이며 보트 안으로 반딧불이들이 한두 마리씩 날아 들어온다.

"와, 반딧불이야."

하며 뒷자리에 앉아있던 꼬마 친구의 작은 탄성이 들려온다.

필리핀에서 봤던 반딧불이는 초록색, 노란색 불빛을 냈었는데, 코타키나발루의 반딧불이는 하얀 불빛을 낸다. 어둠만 있는 보트에서 작고 소중한 불빛으로 자신의 존재를 알리는 반딧불이들. 보트 안에 있는 사람들에게 인사라도 하는 듯, 반딧불이들이 우리에게 다가온다.

엄마의 손에도 마치 하얀 눈송이가 떨어지는 것처럼 작은 반딧불이가 살포시 앉는다.

"어머, 반딧불이가 내 손에 앉았네. 예쁘다."

엄마의 입가에 행복한 웃음이 번진다.

반딧불이들은 사람들의 모자와 가방에도 살포시 앉아 빛을 내고, 아이들의 손에서도 빛을 낸다. 반딧불이를 본 아이들의 예쁜 웃음소리가 가득하다. 가이드님은 우리가 더 잘 볼 수 있도록 계속해서 반딧불이를 불렀다. 반딧불이의 조그마한 빛은 이내 사람들의 탄성을 자아낸다. 맹그로브 숲에 있는 나무에 수많은 반딧불이가 모여 동시에 반짝반짝 하얀 빛을 냈기 때문이다.

"우와 크리스마스 트리 같아."

반딧불이들은 크리스마스 트리처럼 반짝이고 있었다. 크리스마스가 되면 저마다 의미 있는 다양한 오너먼트를 나무에 달고, 반짝반짝 빛나는 조명으로 한껏 트리를 꾸민다. 깜깜한 방안에서 트리의 불빛이 켜질 때의 설레는 기분. 크리스마스 분위기가 맹그로브 숲 안에 가득하다. 반짝. 반짝.

"밤하늘의 별 같아."

코타키나발루의 반딧불이들은 별들처럼 반짝인다. 놀라움의 연속이었다. 어둠 속에서 계속 반짝이는 반딧불이들. 심지어 그 빛이 물 위에도 반사되어, 반딧불이의 빛이 여기저기서 쏟아진다. 마치 영화 〈아바타〉에 나오는 장면들을 보고 있는 것 같았다. 반딧불이가 나무마다 모여서 내는 빛을 보고 있으니까 가수 '안녕 바다'가 부른 〈별빛이 내린다〉의 가사가 계속 머릿속에 맴돌았다.

'별빛이 내린다. 샤라랄라랄랄라-'

그런데 이 노래를 생각하고 있었던 것은 나뿐만이 아니었다. 보트 안에 함께 있던 몇 명의 사람들도 멜로디를 흥얼거렸다. 눈 앞에 펼쳐진 쏟아지는 빛의 장면들, 계속 맴도는 노래 가사, 반딧불이와 함께 있는 '나'의 삼박자가 맞아떨어져서 더욱 포근하고 몽글몽글한 마음들이 생겨난다. 덕분에 내 마음이 예뻐진다.

도시 생활에 익숙한 내가 여행을 떠나고, 자연을 더 많이 보려고 하는 이유는 바로 여기에 있다. 여행을 떠나야지만 볼 수 있는 장면들. 일상에서는 절대 예상하지 못하는 광활한 자연의 움직임을 보는 경험이 내가 나를 더 소중하게 여길 수 있도록 만들어준다.

　　코타키나발루에 오기 전, 한국에서의 내 삶은 바쁜 일상을 겨우 감내하는 삶이었다. 모두가 치열하게 사는 한국 사회에서 나도 최선을 다해 나름 날마다 바쁘게 살았다. 30대 후반을 향해 달려가는 시점, 나만의 브랜드를 만들어서 학생들에게 음악과 피아노를 가르치는 천직의 일을 하고 있음에도 불구하고, 사람들이 성공을 향해 열심히 달려가는 것을 보면서 나 또한, 뒤처지고 싶지 않다고 생각했다. 아마 이 생각이 나를 더 피곤하게 했던 것 같다. 나보다 잘나가는 사람들과 비교하는 삶에서 결코 자유롭지 못했던 나는 자신을 더 엄격하게 대하며, 하루하루를 살아가고 있었다. 그러던 중, 나에게 찾아온 여행. 이 여행이 나에게 주는 의미는 '나의 속도로 사는 나는 소중하다'였다.

있어야 할 자리에서 있는 그대로의 모습으로 존재하는 자연은 각자가 가진 강렬한 존재함으로 저마다의 빛을 내고 있었다. 아름다웠고, 경이로웠다. 어둔 밤 반짝반짝 빛을 내며, 제 역할을 하는 작은 반딧불이를 바라보며, 한껏 지쳐있던 나를 돌아보게 되었다. 나는 존재하는 것만으로도 소중한 사람이라고 계속 마음속으로 말했다. 한국에 돌아가서 마주하는 현실에서 힘을 빼도 괜찮다고. 남들의 속도에 맞추려 하지 않고, 나만의 속도로 천천히 가도 괜찮다고. 짧은 여행이었지만, 이 경험은 다시 한국으로 돌아가 마주하는 현실에서 힘을 낼 수 있게 해준다.

이 순간을 선사해준 하얀빛을 내는 반딧불이들아, 고마워.

에피소드 7.

여행지에서 만난 외국인 친구 1.
He is Dancer and Grab driver.

여행지에서 외국인 친구를 사귄 적 있나요?

나는 해외여행에 대한 호기심도 많고, 외국인 친구 만들기에 로망이 있었다. 여행지에서 외국인, 현지인들과 쉽게 친구가 되는 편이다. 언어가 서툴지만, 나만의 친화력으로 외국인들과 대화할 기회를 만든다. 여행하는 중에 나의 의도와 상관없이 우연히 만나게 되는 인연들이 있다. 옷 깃만 스쳐도 인연이라는데, 한국이 아닌 다른 나라에서 만나게 되는 외국인과 친구가 된다는 것은 서로에게 소중한 경험이 된다. 서로 다른 국적을 가졌지만, 상대방에 대한 존중과 친절함, 여행자라는 교집합을 가지고 있기에, 자연스럽게 이야기를 나누다 보면 친구가 된다. 여러 나라를 다니면서 만나게 된, 나의 기억에 오래 남아있는 외국인 친구들이 몇 명이 있다.

코타키나발루에서 엄마가 가고 싶어 하는 장소인 핑크 모스크로 가기 위해 그랩을 불렀다. 코타키나발루의 친절한 그랩 기사 H를 만났다. 그랩을 타자마자 인사를 한 후에 바로 알았다. 우리는 친구가 될 거라는 것을. 그는 우리가 한국 사람인 걸 알고 블랙핑크 노래를 틀어줬다. 귓가에 맴도는 한국노래가 여행하고 있는 엄마와 나에게 안정감을 준다. 성격 좋아 보이는 밝은 미소로 엄마와 나를 태우고, 핑크 모스크로 가는 길에 혹시나 낯선 땅에 대해 두려운 마음을 가질까 봐 먼저 영어로 말을 걸어온다. 여행자에 대한 그의 친절함으로 인해 코타키나발루가 더 좋아지는 순간이었다. 생각보다 우리의 대화는 막힘이 없었고, 시간 가는 줄 모르고 다양한 주제로 오랫동안 대화를 나눴다.

H는 코타키나발루에서 유명한 댄서였다. 댄서도 하고, 그랩 운전기사도 하면서 곧 태어날 아이를 위해 투잡을 하는 한 가정의 가장이었다. 한국에서는 〈스트릿 우먼 파이터〉가 한창 유행이었는데, H는 이미 그 프로그램의 마니아였다. 내가 춤에 대한 지식은 많이 없었지만, 〈스트릿 우먼 파이터〉 덕분에 대화를 이어갈 수 있었다. 새삼 한류 열풍에 감사함을 느꼈다. 그는 현지인답게 코타키나발루 이야기를 많이 들려줬는데, 코타키나발루는 세 개의 계절이 있다고 한다. 우기, 건기, 과일이 많이 나는 계절. 옆에서 재치 있는 대화를 듣고 있던 엄마도 즐거워하신다. 그렇게 그에 대한 마음이 많이 열린 채로 핑크 모스크에 도착했다.

여행하다가 이야기가 잘 통하는 외국인 친구를 만날 수 있는 확률은 얼마나 될까? 가만히 생각하다가 이렇게 헤어지는 게 아쉬웠다. 대화를 더 하고 싶어서, 호텔로 다시 돌아갈 때 H의 차를 타고 가고 싶어졌다. 그렇게 생겨난 용기로 그에게 조심스럽게 물어봤다.

"우리 30분만 여기서 구경할 건데, 혹시 호텔로 돌아가는 길에도 차를 탈 수 있을까?"

"그럼! 내가 여기서 기다릴게. 편하게 구경하고 와."

그의 배려 덕분에 돌아가는 길에도 많은 이야기를 할 수 있었다.

사실 작은 문제가 있었다. 그랩은 앱에서 차량을 호출하고, 연동된 카드로만 결제되는 시스템이어서 그랩 안에는 카드 결제가 되는 기계가 없었다. 이런 이유로, 왜인지 모르겠으나 H의 차량을 다시 호출하려고 해도 핑크 모스크 근처에 있는 다른 그랩이 호출될 뿐이었다. 그렇다면 방법은 간단했다. H에게 돌아가는 차비를 현금으로 내면 되는 것이었다. 코타키나발루에서 현금이 필요한 순간이었다. 그렇지만 안타깝게도 나는 현금을 갖고 있지 않았다. 맙소사! 또 ATM기를 찾아야 한다니······.

그런데도 그는 그저 "Don't worry. It's ok. I can help you."라고 말하며, 그걸 문제 삼지 않고 우리가 차분히 해결할 수 있도록 도와주었다. 그는 말했다.

"여기 핑크 모스크 근처에 은행이 있는데, 거기 잠시 들리자. 거기서 해결할 수 있어."

"정말 미안하고 고마워. 그렇게 해주면 고마울 것 같아."

친절한 그랩 기사 H는 전혀 불편한 내색을 보이지도 않았고, 오히려 나와 엄마의 기분을 살피며 괜찮다고 안심시켜주며 은행으로 데려다줬다. 은행에 도착하자마자 동시에 후다닥 뛰어가 이제는 눈감고도 사용할 수 있는 코타키나발루의 기기에서 현금을 찾았다.

도대체 몇 번째 ATM기야.

여행할 때 필요한 현금은 무조건 한국에서 준비해야 겠다는 다짐을 다시 한번 한다. 그렇게 한바탕 소동을 겪고, 안전하게 호텔에 도착.

'코타키나발루' 하면 생각나는 친구. 그렇게 나는 착 하고 배려심이 많고, 친절한 H와 친구가 되었다. 여행지에 서 우연히 만나게 된 현지인 그 덕분에 외국에서 잊지 못할 추억을 만든다. 우리를 떠나는 그 순간에 H가 좋은 기억을 만들어줘서 고맙다고 인사했고, 나도 그의 친절함에 감사 인사를 전하며 오래 기억하겠다고 했다. 다시 만나기는 힘 들겠지만, 서로의 앞날을 진심으로 응원하며 우리는 한국으 로 돌아왔다. 그렇게 엄마와 나는 또 하나의 에피소드를 만 들었다.

나중에 엄마에게 들은 이야기지만, 엄마를 혼자 덩그 러니 그랩에 남겨 두고 은행으로 가버린 딸 때문에 엄마는 여러 가지 생각을 했다고 한다. 말도 안 통하는데, 혼자 내 리면 어떡해? 이대로 가버리면 어떡하지? 라고 말이다. 그 래서 엄마는 딸이 빨리 돌아오기를 기다리며 한참을 창문 만 쳐다보고 있었다고. 그런 엄마에게 H는 번역기를 사용해 '괜찮아요. 걱정하지 마세요.'라는 한국어를 보여줬다. 내가 돌아올 때까지 엄마가 시간을 잘 보낼 수 있도록 번역기를 사용해서 안심시켜주고, 코타키나발루의 언어로 '감사합니다.'와 '안녕하세요.'의 인사를 알려줬다고 한다. 생각해보니, 아찔한 순간이 될 수도 있었겠다 싶었다. 그렇지만 감사하게도, 사람을 존중하는 마음과 친절함이 몸에 배어 있는 그 덕분에 엄마도 안전한 여행을 할 수 있었다. H에게는 고마웠고, 엄마에게는 미안했다.

코타키나발루의 H가 그립다. 상대방을 배려할 줄 알고, 유쾌하게 대화하면서도 문제 상황에도 흔들리지 않는 고마운 사람. 그는 여전히 유쾌한 모습 그대로, 잘 지내고 있겠지?

에피소드 8.

여행지에서 만난 외국인 친구 2.
Hello. How are you?

외국에서 살면서 배운 것이 있다. 길을 가다가 눈이 마주치는 사람들을 그냥 지나치지 않고, 넉넉한 마음으로 상대방에게 따스한 인사를 건네고 빙긋 웃어주는 것을. 이렇듯 이방인임에도 불구하고 나에게 친절을 베푸는 외국인들이 많았다. 해외에 있다 보면 상대방을 향한 따뜻하고 여유로운 마음을 자주 느끼게 된다.

실은 한국에서는 모르는 이들과 인사하는 것이 무척 어려운 일이다. 동방예의지국인 나라에서 어쩌다가 인사하는 것조차 어렵게 되었을까? 지하철을 타고 버스를 타도 대부분은 스마트폰만 보고 있다. 그런 문화에서 오래 생활했던 나는 외국의 자유로운 인사 문화가 신기하기도 했고, 우리가 배워야 할 태도라고 생각했다. 외국에서 살면서, 새로운 사람과 자유롭게 이야기를 하고, 인사를 건네는 태도는 자연스러운 일이라는 것을 배운다.

남의 눈치 보지 않고 이야기를 할 수 있는 나라, 낯선 이에게 먼저 다가가는 미덕을 가진 나라, 그렇게 따뜻한 나라 호주.

호주에서 한창 현지 회사로 출근할 때였다. 호주의 아침은 일찍 시작되는 편이라 새벽 4시~5시부터 잠에서 깨어 일을 하러 가고, 오후 3~4시면 퇴근을 한다. 나는 어김없이 새벽에 일어나 출근을 하러 집에서 나선다. 내가 살고 있던 집은 트레인 역까지 걸어서 15분 거리에 있으니 걷기 딱 좋은 위치에 있다. 양옆으로 주택들이 줄지어 있다. 거리의 보도블록 위로 호주의 꽃, 보라색 자카란다가 떨어져 있다. 가는 길마다 자카란다 나무가 있고, 꽃이 활짝 피어서 고단한 출근길을 행복하게 해준다. 그 시간에 길을 걷는 사람들은 부지런히 저마다의 목적지로 향한다. 누군가는 직장으로, 누군가는 학교로.

정해진 시간에 거리를 걷다 보면 늘 마주치는 사람들이 있다. 그 길에서 만난 호주인 아주머니 한 분이 있다. 같은 시간에 같은 장소에서 서로 마주치는 것을 알고는 처음엔 가볍게 눈인사를 하며 서로를 확인했다. 며칠이 지나고 몇 달이 지나도록 우리는 항상 그곳에서 만났다. 심지어 어느 순간부터는 퇴근길에도 종종 마주쳤다. 매일의 인사는 "Hi. How are you?"로 시작했다. 서로가 조금이라도 지쳐 보이는 날에는 조금 더 힘을 낼 수 있도록 서로에게 "Good Luck."으로 응원하기도 했다. 아주머니가 보이지 않는 날이면 아주머니의 안부가 궁금하기도 했다. 그러다가 다시 만나게 되면 반가움이 앞섰다.

아주머니랑 조금 더 길게 대화를 하고 싶었지만, 각자 바쁜 시간대여서 얘기를 할 기회가 별로 없었다. 잘 알지도 못하는 사람이지만, 출근길마다 마주치며 인사를 건네는 아주머니는 타지 생활을 하는 나에게 크나큰 위로였다. 한국에서 10시간 30분이나 떨어진 머나먼 호주 그곳에서 홀로 사는 나를 격려해준 친절한 호주인이었다.

이방인인 나에게 친절을 베풀어준 아주머니랑 길게 대화하게 된 건, 호주를 떠나기 며칠 전이었다. 호주를 떠나면 다시 못 본다는 마음에 서러워진 내가 먼저 대화를 걸기로 용기를 냈다.

"나 곧 한국가요. 그동안 나에게 친절을 베풀어줘서 고마웠어요."

"다시 돌아와. 언제든 환영해. 내가 널 기억할 거야."

추억이 많은 그 길 위에서 우리는 한참을 대화했다. 서로가 궁금했던 것에 관한 시시콜콜한 이야기들. 시간을 함께 보낸 후에 서로를 힘껏 안아줬다. 인사를 나누었던 출퇴근 시간에 서로가 서로에게 든든한 존재였음을 감사하며, 서로의 앞길을 축복했다. 낯선 이에게 건넨 따뜻한 인사 덕분에 맺어진 소중한 인연. 어떻게 잊을 수 있으리.

나의 호주 살기 여정의 한 조각. 이 조각은 고마운 마음과 애틋한 마음으로 가득하다.

"Hi, How are you?"

에피소드 9.

여행지에서 만난 외국인 친구 3.
살라맛뽀

체류하는 기간이 길고 짧음과는 상관없이 내가 머물렀던 나라에 대해 생각하면, 아직도 선명하게 생각나는 소중한 외국인 친구들이 있다. 내가 경험하고 만났던 외국인 친구들은 대부분 친절했고 먼저 마음을 열고 선행을 베풀 줄 아는 사람들이었다. 그들은 유쾌하고 밝은 사람들이었다. '나'와는 다른 존재에 대한 존중하는 마음, 다름을 인정하고 배려할 줄 아는 마음, 어떠한 대가도 바라지 않고 친절하게 대하는 마음이 있는 사람들이었다. 그런 사람들과 대화할 기회가 있는 것은 행운이다.

필리핀에서 6개월의 여정을 마치고 한국으로 돌아가는 필리핀 공항. 나는 가방들 사이에서 어쩔 줄 모르는 상태로 서 있었다. 짐을 줄인다고 줄였는데도 내가 들고 가기에는 너무 많은 짐들 사이에서 갈등 중이었다. 무게에 맞춰서 짐을 쌌지만 들고 타야 하는 물건이 많아 보였는지 자꾸 안 된다고만 하는 공항 직원들과 씨름 중이었다. 짐은 겨우 이민 가방, 기내용 캐리어, 배낭, 노트북뿐이었다. 이민 가방이야 위탁수하물로 하더라도 나머지 짐들이 문제였다.

그때의 나는 혼자 여행을 많이 해보지 않은 터라, 모든 것이 서툰 여행자였다. 심지어 주변에 한국인은 나 혼자였고, 대부분 현지인이었다. 말이 잘 통하지 않는 상황이라, 내가 겨우 알아들은 것은 초과 비용을 더 내면 내 짐을 비행기에 실어주겠다는 얘기였다.

그렇지만 내가 가지고 있는 전 재산을 다 털어도 초과 비용을 다 채울 수 있는 상황이 아니었다. 나는 말이라도 정확하게 전달하고 싶어서, 간절한 마음으로 한국인 직원을 불러달라고 했다. 조그마한 필리핀 시골 공항에는 한국인 직원이 없었다. 두려운 마음이 순간 몰려왔다.

어떡하지?

이런저런 생각 끝에 이민 가방을 열어서 갖고 있던 짐 몇 가지를 버릴 생각으로 빼고, 배낭에 있던 짐들도 정리해 이민 가방 안에 넣었다. 공항 카운터에 가서 몇 가지의 짐들을 버리겠다고 하고, 내가 갖고 있던 전 재산을 다 보여줬다. 그들이 나에게 제시했던 초과 비용에 조금 모자라는 금액이었다.

"나 진짜 한국 가야 해. 가진 게 이게 전부야. 제발."

잘하지 못하는 영어로 어찌어찌 말을 이어가는 중이었다. 그때 정말 예상치 못한 상황이 일어났다. 모든 상황을 다 보고 있었던 어떤 필리핀 공항 직원이 나타나서 나를 도와주겠다고 하는 것이다. 초과 비용의 부족한 금액을 자기 돈으로 채워주고, 나의 출국을 도와주겠다고 하는 상황. 고맙기도 하면서도 얼떨떨한 상황이었다. 카운터 직원도 나도 당황했지만, 나를 선뜻 도와주겠다고 한 직원 덕분에 내가 가지고 있는 짐은 그대로 가져갈 수 있게 되었다. 그리고 초과 비용은 내가 낼 수 있는 금액만 받기로 하고 상황은 종료되었다.

"살라맛뽀."

나를 도와준 직원이 무거운 내 가방을 들어주며 같이 한국으로 가는 비행기를 기다려줬다.

"도와줘서 고마워. 근데 왜 나를 도와줬어?"

"그냥 도와주고 싶었어. 너의 나라로 돌아가는 거잖아."

그렇게 그 직원과 비행기 시간이 될 때까지 대화를 나눴다. 이름, 직업, 필리핀에서 여행하면서 어땠는지, 한국은 어떤 나라인지, 공항에서 얼마나 일했는지 소소하고 소중한 대화들을 이어나갔다. 이방인이었던 나를 아무런 대가 없이 도와주고, 떠나는 시간까지 함께 해준 그에게 정말 고마웠다. 이 시간을 함께 보낼 수 있는 것에 눈물이 날 것 같았다. 한참 동안 이야기를 하다 보니 비행기 시간이 다가왔다.

"널 오래 기억할 것 같아. 도와줘서 진심으로 고마웠어. 살라맛뽀."

"언제든지 다시 와."

탑승구 앞에 내가 비행기의 통로를 걸어갈 때까지 그 직원은 나를 향해 손을 흔들어줬다. 조심해서 가라고. 한국에서도 씩씩하게 내 삶을 살아내라고. 넌 혼자가 아니라고. 나에게 용기를 계속 주고 있었다. 뒤를 계속 돌아봤는데도 그는 자리를 떠나지 않고, 여전히 나를 향해 웃으며 손을 흔들고 있었다.

"잘 있어. 건강해."

"잘 가."

발걸음이 차마 떨어지지 않았다. 낯선 여행객이 떠나는 모습을 지켜봐 주고 있는 한 사람 때문에 울컥하는 마음이 들었다. 여전히 그 자리를 지키고 있는 그에게 다시 한번 감사의 인사를 하고, 또 다른 세상을 향해 씩씩하게 걸어 갔다.

가끔 사는 게 힘이 들 때 이날을 생각한다. 내 삶에 일어나는 문제들을 피하지 말고, 용기 내서 부딪혀보라고 응원해줬던 그를 기억한다. 내가 사는 세상에서 크고 작게 마주하는 일들 가운데, 조금 더 용기를 낼 수 있는 이유는 바로 이 경험 때문이다. 이런 인연이 어디 있을까? 난감한 상황에서 이 공항 직원을 만난 것이 신의 한 수였다. 그렇기에 머나먼 타지에서 일어나는 일은 언제나 새롭다. 생각지도 못한 상황에서 문제가 벌어지고, 또 기가 막힌 타이밍에 큰 도움을 받아 문제가 풀리는 것을 경험한다. 이를 통해 나의 독립심이 한층 더 성장하고, 인생에서 만나는 새로운 사람들에게 어떠한 친절을 베풀어야 하는지를 배우게 된다. 그리고 생각지도 못한 곳에서 귀한 인연을 만나게 되는 것도 말이다.

　　예상하지 못할 신선한 일들을 경험하려면 여행을 떠나라. 그곳에서 평생 기억에 남을, 친구들을 만나게 될 것이다. 그들은 지금의 나를 버티게 해주고, 그들의 친절이 고독 속에 머물렀던 나의 마음을 깊숙이 위로해주는 경험을 쌓게 할 것이다.

에피소드 10.

여행 중에 만나는 '나'

여행을 떠나는 이유가 무엇인가요?

이에 대하여 많은 이유가 있지만, 나는 또 다른 '나'를 발견하기 위해서 여행을 간다. 여행을 통해서 만나는 나와의 관계는 이전보다 훨씬 더 돈독해진다. 나의 성품이 깎이고 다듬어지는 과정에서 만나는 나이기 때문이다. 단순히 쉬기 위해 훌쩍 떠나는 여행일지라도, 여행하다 보면 그동안은 몰랐던 또 다른 나와 마주하게 된다. 그 모습에 스스로 놀랄 때도 한두 번이 아니다. 30년이 훌쩍 지난 세월 동안에도 여전히 나는 자신을 모를 때가 많이 있다. 여전히 나는 '나'를 알아가고 있다.

한국에서 치열하게 살다 보니 타인에 의해 혹은 자신으로 인해 나는 조금씩 생채기가 나 있었다. 가장 가까운 사람들한테서 오는 상처가 크다고 했던가? 가정에서 일어난 경제적인 어려움, 그로 인해 일어나는 불화를 받아드리는 게 어려웠다. 내 감정은 혼자 감당해야 한다는 생각 때문에 감정을 표현하는 것이 서툴렀다. 잘 해소해야만 했던 불편한 감정을 꾹꾹 눌러, 참는 사람이 되었다.

원래 힘든 일은 한꺼번에 찾아온다고, 2년 만난 남자친구와의 헤어짐, 나에게 몰아치는 어려운 상황들, 차갑게 느껴지는 세상이 버겁기만 했다. 어두운 터널을 하염없이 걷는 기분이었고, 절벽 끝에 위태롭게 매달려 있는 기분이었다. 누군가가 나를 그곳에서 꺼내주면 좋겠다고 생각했다.

그때 생각했던 건 지긋지긋한 한국을 떠나는 것이었다. 새로운 터전에서 새롭게 시작하고 싶은 마음. 그곳에서는 서툴지만 하나씩 '나'에 대해 표현해보고, 여러 가지 감정에 솔직하게 직면하여 쓰디쓴 상처를 만져주는 시간이길 바랬다. 이미 지칠 대로 지친 나에게 부족한 언어는 문제도 아니었다. 나에게 그 시간이 필요했기에 외국살이를 결심했다. 어떻게 치유될지도 모른 채, 그 모습 그대로 호주로 떠나왔다. 나에게 더 집중하기 위해서.

고등학생일 때부터 자연이 예쁜 호주에서 사는 것이 로망이었는데, 그걸 이루게 되는 행운의 날이 30대에라야 찾아왔다. 나에게 주어진 호주에서의 1년은 진정으로 나에 대해서 알아가는 시간이었다. 호주에서 사는 날이 나에게도 진짜 오는구나!

내가 좋아하는 하늘과 자연을 마음껏 보고 누릴 수 있는 호주. 늘 가보고 싶었던 시드니의 오페라 하우스와 하버 브리지가 있는 Circular Quay, 깨끗하고 광활하게 펼쳐져 있는 자연, 귀여운 호주 동물들, 무엇이든 자유로운 나라 호주, 시드니에서 살면서 나는 조금씩 나다워져 간다. 시드니에 사는 동안 나를 찾는 여정은 쉽지 않은 순간들도 있었지만, 행복했나.

내가 무엇을 좋아하고 싫어하는지. 무엇을 잘하고 못하는지. 어떤 시간을 보내야 마음이 평안하고 뭘 해야 행복한지. 혼자 있는 것을 좋아하는지 싫어하는지. 자연을 좋아하는지 도시를 좋아하는지. 어떤 음식을 좋아하고 싫어하는지. 내 삶을 지키며 지치지 않는 삶을 살아가려면 어떻게 해야 하는지. 이러한 것들을 끊임없이 생각하게 된다.

그뿐만 아니라 내면을 깊이 들여다보는 시간을 갖는다. 내 존재 자체를 사랑하는 방법을 배운다. 내가 나에게 '나는 괜찮은 사람이야. 나는 좋은 사람이야.'라고 말할 수 있는 용기를, 내가 나이기 때문에 나를 존중하고 사랑하는 방법을 배운다.

한국에서 힘들었던 감정에 대한 소극적인 반응들이 마침내 변화를 맞이한다. 혼자서는 결코 할 수 있는 일이 아니었다. 내 상처가 회복되기 위해서는 좋은 사람들과 함께여야만 했다. 인간관계와 여러 가지 상황들에 힘들었지만, 결국 그런 나를 치유하는 것은 아이러니하게도 따뜻하고 다정한 사람들과의 만남이었다. 불완전하고 서툰 나에 대해 용기 내어 이야기했을 때, 내가 생각했던 엄청난 큰일은 일어나지 않았다. 그 큰일이라는 것은 사람들의 부정적인 반응이었다. 그러니깐 정말 괜찮았다. 나의 이야기에 귀 기울여주고 함께 울고, 웃는 사람들을 만났다. 나의 모난 모습마저 사랑하고, 내가 살아온 여정을 응원하고, 낯선 곳에서의 삶을 함께하는 사람들이 생겼다. 따뜻한 관계를 통해 타인을 사랑하는 방법도 알게 되었다. 그렇게 조금씩 나는 치유되고 있었고, 나와 타인을 사랑하는 과정에 있었다.

여행하는 시간은 현실에서의 버거움을 잠시 내려놓고, 내가 걸어가야 할 삶의 목적과 방향성에 대해 고민하고 깨닫게 되는 시간이다.

시드니의 자연은 내가 아는 곳 중에서 가장 평화로운 곳이다. 눈앞에 펼쳐져 있는 자연에서 혼자만의 시간을 보낸다. 내 귀에 들리는 것은 오직 자연의 소리, 내 내면의 소리뿐. 이 시간이 가치 있고, 소중하다.

'여유 있고, 평화롭다.'

마침내 나는 그런 경지에 이르게 된다.

어디든 좋다. 발길이 닿는 곳이라면 어디든 나를 발견할 수 있다. 다른 사람이 바라보는 나에게서 벗어나서, 내가 바라보는 나는 어떤 사람인지에 대해 생각하게 된다.

내가 좋아하는 것들만 하다 보니 내가 억지로 참아왔던 것, 나의 의지와는 상관없이 싫어하는 상황을 꾹꾹 참아왔던 과거를 돌아보게 되었다. 자유로운 외국 땅에서 다른 사람의 눈치는 1도 보지 않고, 그저 내가 원하는 것을 하는 삶을 지속하려고 노력했다. 주체는 '나'다. 서툰 모습은 서툰 모습대로 사랑하며, 내 안에 숨겨진 쓴 뿌리로 인해 모난 부분이 있으면, 그 모습마저 있는 그대로 사랑했다. 호주에서 살면서 위로받고, 스스로를 다독이며, 리틀블라썸으로서의 삶을 살아가고 싶었다. 그리고 감사하게도 나는 그렇게 살게 되었다. 깊숙이 숨겨온 상처가 조금씩 아물어가고 나를 사랑하려는 새살이 돋아가고 있었다.

'사랑하고, 또 사랑해.'

내가 여행을 떠나는 이유. 나를 사랑하고 싶은 마음
으로 떠나왔던 여행에서 상처가 사랑으로 덮어지는 경험을
했다. 그래. 결국 정답은 사랑이다.

여행하는 동안 나한테 집중하는 시간을 갖는 것.

여행의 필수 코스다.

에피소드 11.

내가 사랑한 아보카도 토스트

아보카도? 그게 뭔데?

　호주로 떠나기 전만 해도 아보카도에 대한 지식은 미미했다. 아보카도는 멕시코, 남미 쪽에서 많이 먹는 과일이고, 건강한 지방을 가진 과일이라는 것만 알고 있었다. 2018년에만 해도 한국에서는 아보카도를 먹는 사람들이 많이 없었다. 이태원에 있는 타코를 파는 집에 가야만 맛을 볼 수 있을 정도였으니까. 그만큼 한국에서는 눈에 띄지 않는 과일이었다. 그런 아보카도를 제대로 즐기기 시작한 것은 호주에서 살 때였다.

호주는 다 문화권인 나라인 만큼 정말 다양한 음식들이 있다. 질 좋고 맛 좋기로 유명한 소고기와 양고기, 신선한 과일과 채소들, 파스타, 오픈 샌드위치와 각종 브런치 메뉴들, 해산물. 영국 음식의 대표 메뉴인 피시 앤 칩스, 한국, 태국, 베트남, 인도, 중국, 일본 등 여러 나라의 음식들이 모여 있어서 내가 먹고 싶은 음식 메뉴를 마음대로 먹을 수 있다. 호주에서는 다양한 음식을 먹을 수 있는 기쁨을 누릴 수 있었다. 호주에서 살면서부터는 갖가지 건강한 음식들을 찾아 먹곤 했다. 그중에서 내가 제일 좋아했던 음식이 바로 아보카도 토스트이다.

시드니에 도착해서 처음 계약한 집에 짐을 풀고 아보카도가 듬뿍 들어간 과카몰레를 만들어 볼 생각으로, 근처에 있는 호주 마트인 울월스로 갔다. 정갈하게 놓여 있는 알록달록하고 신선한 과일들과 채소들, 한국에서는 볼 수 없었던 여러 종류의 식빵들과 우유들, 케이지에서 키운 닭인지 아닌지 구분하여 고를 수 있는 달걀들, 나의 체질에 맞게 식재료를 고를 수 있도록 판매하고 있었다. 마트를 둘러보니까 '나'라는 존재가 존중받고 있는 느낌이 많이 들었다. 이곳을 찾는 모든 이들이 건강하게 음식을 먹었으면 하는 마음이 고스란히 담겨 있다.

다인종이 함께 살아가는 나라, 호주. 각자 가지고 있는 알레르기도 다를 것이고 체질도 제각기일 텐데, 모든 사람을 고려한 제품들을 판매하고 있다는 것이 놀랍고, 그 배려에 고마움이 마음속으로 몰려왔다.

나는 통밀 식빵, 아몬드밀크, 아보카도, 레몬즙, 토마토, 적양파, 달걀을 사서 과카몰레를 만들기 시작했다. 그게 내 첫 아보카도 요리였다. 내가 만들었지만, 진짜 맛있단 말이지. 저렴하고 건강한 아보카도를 마음껏 먹을 수 있다는 생각에, 마트에 가서 장 보는 날이 늘 기다려졌다. 아보카도의 매력에 푹 빠져버린 나는, 브런치를 먹으러 카페에 가서도 아보카도 토스트에 대한 애정을 놓치지 않았다.

"뭐 먹을까?"

"당연히 아보카도 토스트에 달걀 추가해서 먹을 거야! 초콜릿 파우더 듬뿍 올린 카푸치노도."

아보카도를 얇게 잘 썰어서 버터에 구운 사워도우 빵 위에 올리고, 달걀을 곁들인 오픈 샌드위치 위에 소금, 후추를 뿌려주기만 하면 훌륭한 식사가 된다. 호주에서 늘 만들어 먹었던 아보카도 토스트를 시작으로 나의 식단은 조금씩 바뀌었다. 사실 나는 무조건 한식만 찾는 '한식파'였다. 그러다가 신선하고 깨끗한 샐러드를 좋아하게 되고, 오픈 샌드위치의 매력을 알게 되었으며, 자극적인 음식보다 건강한 음식을 찾게 되는 변화가 일어났다.

호주에서의 식습관 변화는 한국에 돌아와서도 여전하다. 요즘도 꽤 자주, 집에서 아보카도 토스트를 만들어서 먹는다. 그걸 먹을 때마다 호주에서의 내가 생각난다. 문득 여러분에게 이런 질문을 하고 싶다.

"여행지를 생각나게 하는
추억의 음식은 무엇인가요?"

에피소드 12.

보랏빛, 자카란다의 계절

우리나라와는 완전히 정반대의 계절을 가지고 있는 나라, 호주.

호주의 봄은 9월부터 시작된다. 파란 하늘은 더없이 맑고, 형형색색의 예쁜 꽃들이 피어나고, 자이언트 나무들이 더 울창해지는 계절. 시드니의 곳곳에 피기 시작하는 보라색 꽃 자카란다를 봤다면, 비로소 봄이 시작된 것이다. 봄이 되면 시드니의 온 동네가 예쁜 보랏빛으로 가득 채워진다. 청정 자연의 나라답게 울창한 나무들 사이에서 보라색의 자카란다가 만개한다. 이런 색깔의 꽃이 나무에서 피는건 처음 보는데 마치 만개한 벚꽃 같아 보였다. 핑크빛으로

물들어 가는 한국의 봄에 익숙했던 나는 시드니에서 보라색으로 덧입힌 아름다운 매력에 빠져들었다. 깨끗하고 맑은 하늘과 여기저기에 만개한 자카란다는, 호주 특유의 밝은 분위기에 저마다의 보랏빛 한 스푼을 더한다. 그리고 이 계절에 시드니에 있는 모두에게 환영의 인사를 건넨다.

'Welcome.'

보라로 물드는 계절. 보라색 꽃이 피는 계절. 호주의 봄. 시드니에서 자카란다를 볼 수 있는 것은 축복이다. 시선이 닿는 곳곳마다 자카란다가 활짝 피어있다. 내가 호주에 있다는 것이 실감이 나는 순간이다. 내가 시드니에서 살고 있다니!

이 시즌에는 여러 지역에서 자카란다 축제가 열린다. 노스시드니에 있는 Kirribilli는 자카란다로 유명하다. 트레인을 타고 하버 브리지와 오페라 하우스가 보이는 Circular Quay 역을 지나면 Milsons Point 역이 나온다. 역에서 내려서 자카란다가 곳곳에 피어있는 아기자기한 길을 걷다 보면, 보랏빛으로 가득 찬 Kirribilli가 나온다.

거리에는 온통 자카란다. 나무가 서로 마주 엮여져 거대한 자카란다 터널을 만들어내는 풍경이 장관을 이룬다. 초입부터 저 끝까지 나무들이 만들어내는 길은 그야말로 보라로 수 놓인 꽃길이다. 눈 부신 햇살, 나들이하기에 딱 맞는 온도와 습도, 기분 좋은 바닷바람, 바다 위에 정박 되어 있는 요트들, 자카란다 나무들, 넓은 공원에서 자유롭게 뛰어노는 아이들과 강아지들, 그리고 자카란다로 만든 보라색 아이스크림마저 나를 행복하게 한다.

자카란다 아이스크림을 하나 사서, 공원에 있는 잔디에 앉아 여유를 누려본다. 입은 달콤하고, 눈은 즐겁고, 마음은 평화롭다. 한국에서는 쉽게 누릴 수 없었던 여유를 마음껏 누리는 호주 생활. Kirribilli에 불어오는 따뜻한 봄바람 덕분에 향긋한 꽃비가 내린다. 설렌다.

보랏빛으로 물드는 계절, 시드니 봄이 그리워진다.

에피소드 13.

썸머 크리스마스

호주에서 살면서 가장 궁금했던 계절, 12월. 우리나라와 계절이 정반대인 호주의 12월은 어떤 분위기일까? '12월은 겨울'이라는 공식이 당연하게 자리 잡고 있던 나한테는 한여름의 크리스마스가 상상되지 않았다. 뜨거운 크리스마스라…? 호주의 특별한 크리스마스 시즌. 아주 뜨겁고도, 강렬한 여름날의 크리스마스. 그야말로 핫한 크리스마스 시즌이 시작된다. 연말이라 그런지 호주는 더욱 축제 분위기이다.

햇살 좋은 날, 핫한 크리스마스 시즌을 즐길 수 있는 본다이 비치로 갔다. 집에서 본다이 비치는 한 시간이면 갈 수 있는 거리이다. 크리스마스 시즌답게 빨간색 비치 아이템을 챙겨서 출발. 트레인과 버스 안에는 본다이 비치로 가는 사람들이 많이 있었다. 어떻게 알았냐고? 사람들 대부분이 벌써부터 비키니와 비치룩을 입고 있었으니까.

'트레인에서 비키니를? 엄청 자유롭네. 비치 가는 길부터가 핫하다.'

날이 더워 아이스 롱블랙을 마시며, 본다이 비치로 걸어가는 해안 도로. 본다이 비치 근처 카페와 음식점에서 크리스마스 캐럴이 흘러나온다. 뜨거운 호주 여름의 햇볕 아래, 본다이 비치는 열기가 차오른다. 사람들의 드레스 코드는 누가 알려주지 않아도, 당연히 레드이다. 본다이 비치에는 빨간색 산타 모자와 루돌프 모자를 쓰고 비치볼을 하는 사람들, 빨간색 비키니와 수영복을 입고 부서지는 파도에서 서핑하는 사람들, 호주의 에메랄드빛 바다에서 수영하는 사람들, 비치에 누워서 각자의 방법으로 뜨거운 크리스마스 시즌을 즐기는 사람들로 가득하다. 산타 분장을 한 안전요원들도 크리스마스 분위기에 신이 나는 모습이다.

호주의 12월. 꽤나 매력적이고 이색적인 분위기에 마음이 너무 즐겁다. 썸머 크리스마스 분위기에 취해 나도 빨간색 아이템을 장착한 후, 해변 어딘가에 자리를 잡았다. 기분 좋게 불어오는 바닷바람과 맛있는 호주 커피 한잔, 귓가에 들려오는 캐럴과 빨간 비키니와 수영복을 입은 사람들을 보는 것만으로도 무한 긍정 에너지가 생겼다.

눈 내리는 겨울, 루돌프와 함께 있는 빨간색 두툼한 옷을 입은 산타보다 뜨거운 여름에 열정적인 여름 산타를 보고 싶다면, 12월에 호주로 떠나라. 특별한 호주의 여름을 경험할 수 있다.

게다가 호주의 크리스마스 시즌에는 또 다른 풍경을 볼 수 있다. 바로 호주의 라이트하우스이다. 가정집마다 집 전체를 형형색색의 조명과 크리스마스 장식으로 집을 꾸민다. 집 전체에 크리스마스 오너먼트와 크리스마스를 상징하는 장식품들, 캐릭터들로 한껏 멋을 내고 정원 곳곳에 트리와 산타, 루돌프, 선물들로 크리스마스 분위기를 더한다. 더불어 아이들의 동심을 지켜줄 행복 가득한 노래와 캐럴로 크리스마스 분위기가 정점을 이룬다.

온 동네가 여름날의 크리스마스에 진심이다.

한국에서는 구경할 수 없었던 새로운 풍경을 혹여나 놓칠까봐, 정신없이 이곳저곳을 구경했다. 영화 〈나홀로 집에〉에 나오는 주인공 케빈의 집처럼 알록달록 꾸며진 라이트하우스를 더운 여름에 구경하는 것만으로도 내 경험치가 쌓여간다. 어딜 가나 크리스마스 시즌을 즐길 수 있는 호주의 여름.

12월, 시드니는 뜨겁다.

에피소드 14.

Every little thing gonna be alright.

삶의 여러 가지 문제들이 나에게만 몰아치는 것 같이 느껴질 때가 있다. 버겁기만 한 문제들이 크게 다가오는 순간이, 간혹 찾아온다. 내가 할 수 있는 것이 아무것도 없어 보이고, 내 존재가 작아지는 순간이 찾아온다. 현실 속에서 일상을 유지하기가 어렵고 삶의 방향성들이 흔들리는 상황이 짐처럼 등에 업힌다. 나는 물에 젖은 솜처럼 자꾸만 가라앉는다. 그럴 때 용기 내서 여행을 훌쩍 떠나보면 새로이 알게 되고, 이전과 달리 보게 되는 것들이 있다.

2019년 1월 1일 새벽, 새해맞이 Road trip을 가기 위해서 친구들이랑 간단히 샌드위치와 초밥으로 도시락을

만들고 멜버른 시티를 벗어났다. 새롭게 시작하는 새해 첫
날을 뜻깊게 보내고자 어두운 새벽길을 한참을 달렸다. 새
벽이라 도로에는 차들이 별로 없었고, 하늘에는 초승달과
별들만이 가득했다. 밤하늘을 벗 삼아 넓은 초원과 해안도
로를 시원하게 내달린다. 우리는 멜버른에서 유명한 Great
Ocean Road로 가는 길이었다. 12 Apostles가 보이는 곳
에서 새해 일출을 볼 생각이었다. 장작 4시간을 달리다 보니
점점 날이 밝아 온다. Great Ocean Road에 도착했을 때
주변에는 아무도 없었고 그저 우리밖에 없었다.

눈 앞에 펼쳐진 12 Apostles의 절벽과 바위기둥들, 사람이 침범하지 않은 바다와 끊임없이 부서지는 파도를 한참을 바라봤다. 사방은 고요하고 파도치는 소리만 들릴 뿐이었다. 사람들이 조금씩 도착했지만, 모두가 약속이라도 한 듯, 광활하게 펼쳐져 있는 호주의 대자연 앞에 침묵을 지켜낸다. 대자연 앞에서 작디작은 존재인 인간은 겸손해지고, 겸허해진다. 다들 어떤 생각에 잠겨 있을까? 문득 궁금해졌다. 2019년 새해를 호주 멜버른에서 보내는 것도 기적인데 하늘이 선물해 준 대자연 앞에 내가 있다니, 감격스러웠다. 멜버른에서 새해 첫날을 보낼 거라는 생각을 못 했었는데, 그곳에 내가 있었다는 것이 놀랍고 신기했다.

떠오를 해를 기다리며, 그동안의 삶을 돌아봤다. 호기롭게 한국을 떠나, 새로운 '나'를 찾아 살겠다고 다짐하며 떠나온 호주에서의 여정. 한국에서 해결하지 못한 내 감정 문제를 머나먼 타지에서 차분하게 해결할 시간을 가졌던 것은 나와 내 가족을 더 이해하고 사랑하게 되는 순간을 가져다주었다. 길고 길었던 시간이었지만, 끝내는 사랑이었다. 한국에 있는 가족이 제일 먼저 생각났다.

그리고 호주에서의 지난날들. 처음 도착한 한 달은 여행하는 기분이어서 매일 즐겁고, 행복했고, 설레는 기분이었지만, 사실 새로운 터전에서 삶을 살아간다는 건 엄청난 용기와 결단이 필요했다. 영어권인 나라에서 살려면 영어가 필수였기에, 동네 도서관과 시드니 UTS 대학교에서 하는 무료수업에 참여해 영어를 배웠던 날, 영어로 소통해야 하는 외국인들과의 만남, 호주 이민 사회에서 정착해 악착같이 삶을 지켜온 한국인들과의 만남, 새로운 나라에서 경험을 쌓으며 사는 여러 나라의 워홀러들과의 만남, 영주권과 시민권을 기다리며 호주에서 불안정한 삶을 지속하고 있는 사람들과의 만남. 그리고 각자의 나라로 돌아가는 사람들과 헤어짐.

호주에서 사는 게 처음이라 뭐 하나 쉬운 것은 없었지만, 몸소 부딪히며 서툴지만 서툰 채로 하루하루를 살았던 지난날이 떠올랐다. 새로운 만남과 헤어짐 속에서 인연이 닿아서 이 순간 함께 있는 좋은 친구들이 내 옆에 있다는 것이 신기했고, 감사했다.

또, 낯선 외국 땅에서 서툰 영어 실력으로 일할 때 겪었던 시행착오들이 생각이 났다. 처음 겪는 일이라서 내가 오롯이 받아들이고 이겨내야 했다. 굳이 겪지 않아도 될 경험이었으나, 백인들 사이에 둘러싸여 동양인으로서 겪어야 했던 인종차별, 잠깐 일한 곳에서 고집스러운 상사를 만나서 힘들게 일했던 건 한국에서의 것과 다를 게 없었던 경험, 새벽 4시에 일어나서 출근했던 날들, 생활비가 부족하여 돈을 아끼겠다고 바나나 7개로 일주일을 살았던 배고픈 추억마저 내 머릿속을 지나간다.

힘든 기억만 있었던 것은 아니다. 공항에서 일하면서 세상 다정한 콴타스 항공 기장님과 친구가 되었던 순간, 나의 호주 생활을 함께 응원해주고 기도해줬던 따뜻한 교회 친구들을 만났던 것, 호주에서 피아노를 가르치고 싶다는 생각을 늘 하고 있었는데, 감사하게도 2명의 형제에게 피아노 교습을 할 수 있게 된 기분 좋은 경험, 모든 순간이 Great Ocean Road에 섰을 때, 떠올랐다.

나는 머나먼 타지에서 혼자가 아니었다. 어떤 순간에도 나와 함께 하는 사람들이 있었다. 이 순간들을 경험할 수 있었던 것은 신의 축복이었다. 결코 내 힘으로는 해낼 수 없었던 일들. 이곳에서의 삶도 최선을 다해 뜨겁게 살아내고 있는 나를 응원하고 싶었다. 잘 살아 있다고. 잘하고 있다고.

하늘인지 구름인지 바다인지 파도인지 구분이 되지 않는 대자연의 바다 앞에서 해가 뜨기만을 기다린다. 멜버른의 하늘에 점점 밝은 그러데이션이 생기면서 절벽과 바다 사이에서 동그랗고 밝은 해의 머리가 힘차게, 그리고 조금씩 떠오르기 시작한다. 눈이 부시다. 그 찬란한 눈 부신 빛 덕분에 눈물이 난다. 좋은 사람들과 새해를 맞이하는 그 순간이 행복하다. 삶을 지켜내는 것이 늘 어려웠고, 힘든 순간들이 찾아올 때가 많아서 걱정으로 가득했던 나에게 너의 삶을 포기하지 않아 줘서 고맙다고 다시 용기 내서 힘차게 살아가라고, 온 우주가 응원하는 느낌이었다. 전혀 경험해 보지 않았던 호주에서의 삶. 새로운 세상에 발을 내딛는 순간에 나는 나를 찾아가는 여정을 시작했고, 그로 인해 더 단단해지고, 강해지고, 성장해 있었다. 그리고 매 순간 진심으로 살고 있었다.

대자연 앞에서 내가 그동안 살았던 삶의 울타리가 얼마나 좁았는지를 알게 되고 세상은 생각보다 훨씬 더 넓다는 것을 다시금 깨닫게 된다. 온갖 걱정들을 훌훌 털어버리게 되는 경험을 하게 된다. 나의 크고 작은 문제들이 사실은, 걱정하는 것보다 큰 것이 아니라고 온 세상이 말해주고 있었다. 여행을 통해 몰랐던 것을 신비롭게 알게 되고, 생각의 지평이 하나둘 늘어간다. 새롭게 마주하는 풍경 속에서 좁아져 있던 마음의 시야가 넓어진다. 여행하는 뜻밖의 장소에서, 뜻밖의 시간에 삶에 대한 고찰이 일어난다. 주어진 삶을 대하는 태도에 대해 조금은 가볍고, 조금은 깊이 있게 더 배우게 된다. 그래서 여행을 떠난다.

모든 것이 잘될 거야. 다 괜찮아질 거야.

에피소드 15.

No worries.

언어는 삶을 가장 잘 드러내는 표현 방법이다. 언어를 통해 그 나라의 문화를 알 수 있고, 삶을 대하는 태도에 대해서도 알 수 있다. 사용하는 언어를 통해서 그 사람이 어떤 사람인지 알게 되고, 사랑을 표현할 수도 있다. 물론 반대의 경우도 있다. 언어에는 강력한 힘이 있다. 호주에서 살면서 제일 많이 들었던 언어가 있었다.

'No worries.'는 일상에서 자연스럽게 사용되는, 착하고 친절한 언어이다. 직장에서, 교회에서, 물건을 파는 가게에서, 학교에서, 어디에서든. 고마운 마음을 전달할 때, 미안하다고 사과를 할 때, 일상 속 어딜 가나 사람들은 친절하게 그렇게 말한다. 관계 속에서 이 말이 주는 의미는 많은 위로와 격려를 포괄한다.

'걱정 마, 괜찮아, 별일 아니야, 아무 문제 없어.' 를 담고 있는 긍정의 언어. 이 말을 통해 상대방의 행동에 너그럽고 여유 있게 반응하는 태도를 배운다.

호주 시드니에서 살면서, 호주 국내선 공항 푸드코트에서 일한 적이 있었다. 주 고객은 외국 관광객들과 콴타스 항공 승무원들과 비행기 기장님들이었다. 그때 당시, 영어가 서툴렀지만, 공항에서 보는 시험에 당당히 합격하고 일을 시작할 수 있었다. 그렇지만 일을 잘하는 데 필요한 것은 결국 언어였다.

어느 날, 그날따라 매장에 손님도 많고, 몰리는 손님 덕분에 빠르게 일을 처리해야겠다는 마음이 앞서 있었다. 어느 한 관광객 외국 손님이 매장 음식을 다량 구매를 하시고, 돈을 동전으로만 계산을 원했다. 심지어 동전도 작은 단위의 동전들이어서 계산을 하려면 시간이 꽤 걸릴 것 같았다. 그 손님 뒤로 대기 줄이 밀리기 시작했고, 나는 식은땀이 나기 시작했다. 동전만 내신 손님이 조금 야속했다. 작은 단위의 돈들을 세기 시작할 때 귓가에 들리는 말,

'No worries'.

민폐 손님 뒤에 서 계셨던 콴타스 항공 기장님이 나를 보고 괜찮다고 이야기를 해준 것이다. 동시에 그 뒤로 계셨던 손님들도 'No worries. 괜찮아, 천천히 해도 돼.'라고 이야기를 해주셨다. 그분들 덕분에 침착하고 신속하게 동전을 센 뒤 계산을 마칠 수 있었다. 다들 조금은 서둘러야 하는 상황일 수 있었는데도 나를 기다려주고 친절히 말해준 그때를 여태 잊을 수 없다. 그 뒤로 콴타스 항공 기장님은 비행이 끝날 때마다 항상 매장에 들리셔서 음식을 사 가셨다. 내가 거기서 일할 동안 좋은 친구가 되어주셨다.

너그럽게 상대방을 기다려주고, 마음을 헤아려주는
언어. 'No worries.'

우리에게 필요한 말이 어쩌면 이것이 아닐까? 생각도
많고 걱정도 많아서, 눈치를 더 많이 보는 우리에게 마법의
언어를 신물하고 싶다.

에피소드 16.

Coastal Walk

자연이 예쁘고, 아름다워서 산책하기 좋은 시드니.

걷는 것을 좋아하고, 자연을 사랑한다면 지금 당장 시드니로 떠나라.

내가 사랑한 시드니의 하늘은 늘 맑고, 청량하다. 거대한 뭉게구름들이 지상과 가까이 둥둥 떠다닐 정도로 아름답기 그지없다. 더군다나 푸릇푸릇한 식물들이 청량함을 더한다. 울창하고 거대한 나무들과 식물들, 그리고 깨끗한 바다가 있기에 공기는 더욱 맑고 깨끗하다. 그래서 나는 시간이 날 때마다 자연을 친구 삼아 걸었다. 눈에 더 많이 담으려면 부지런히 걸어야만 했다. 구경하기 좋은 자연, 걷기 좋은 깨끗하고 맑은 날씨, 바람, 온도 덕분에 하루에 만 보는 충분히 걸을 수 있었다.

　나는 놀랍도록 눈부신 코발트 빛, 시드니의 해안 도로를 걷는 것을 좋아한다. 섬나라 호주답게 트레인만 타면 가까운 바다에 갈 수 있다. 시드니의 바다에는 하얗게 부서지는 파도에 깎이고 깎여, 오랜 세월 그 자리를 지키고 있는 기암절벽들이 장관을 이룬다. 시드니 동부의 해안들은 절벽으로 연결되어 있어서, 이 길을 따라 해안선을 산책할 수 있도록 만들어 놓았다. 코스탈 워크. 여러 코스가 있지만, 내가 좋아하는 해안 산책로는 Bondi to Coogee. 기본 2~3시간 코스지만, 마음에 드는 장소에서 얼마나 시간을 보내냐에 따라 오래 더 머물 수 있는 장소이다. 이 코스 안에는 엄청난 보물들이 숨겨져 있다. 다른 행성에 온 듯한 절벽들과 푸른 바다가 절묘하게 조화를 이루며, 그곳을 걷는 자들을 반긴다. 산책로를 걷다 보면, 포인트마다 색다른 분위기를 가진 바다와 풍경을 볼 수 있다.

본다이 비치에서 출발해서 타마라마 비치, 브론테 비치, 웨어버리 공동묘지, 클로벨리 비치, 고든스 베이, 쿠지 비치까지의 여정을 시작했다. 그 여정에서는 산책하는 사람들, 조깅하는 사람들, 바닷물로 만들어진 야외 수영장과 바다에서 수영하는 사람들, 서핑하는 사람들, 산책 중에 쉬어 가기 좋은 넓은 공원에서 뛰어노는 강아지들과 시간을 여유롭게 보내는 사람들, 그곳에 있는 부촌 마을까지, 모든 이들을 만날 수 있다. 나도 이들처럼 자유롭게 나의 시간을 만끽하고 싶었다. 기분 좋은 햇살에 반짝이는 윤슬에 눈이 부신다.

　　다만 아이스 버그 수영장으로 유명한 본다이 비치에
는 관광객들이 너무 많아서 빠르게 벗어난다. 조금 더 이국
적인 호주를 경험하기 위해 쿠지 비치를 향해 계속 걸어간
다. 마주하는 풍경에 내 마음도 새로워지는 기분이다. 본다
이 비치를 지나 높은 언덕에 올라섰을 때, 불어오는 바닷바
람이 참 좋다.

　　이국적인 풍경이 서서히 보인다. 분명 나는 호주에
있는데도 눈에 들어오는 것은 호주를 떠나 이국의 세계에
떠오르는 것늘이다. 해변 따라 지어진 형형색색의 집늘, 기
암절벽, 야자수, 대형 요트들, 호주 국기. 부서지는 파도와
청아하게 물든 하늘과 오묘한 구름이 나를 더 기쁘게 한다.

그러다 마주하게 된 울퉁불퉁한 바위에 앉아서, 광활하게 펼쳐져 있는 바다를 한참 동안 바라봤다. 그 시간 시드니에 있는 나를 기록하고 싶었다. 쫄보인 나는, 절벽이긴 하지만 넓적한 곳에 그냥 앉아서 같이 간 언니에게 사진을 찍어달라고 했다. 언니와 나는 그 순간을 기록한다. 산책 코스는 오르막길과 내리막길의 연속이지만, 중간중간 쉬어가는 장소들이 나타난다. 그곳을 걸으며 생각한다. 잠시 쉬어가도 괜찮잖아.

코스탈 워크. 마치 우리 인생과 같지 않은가? 치열하게 살아야 할 때도 있고, 충분히 호흡을 고르며 쉬어야 할 때도 있다. 일과 여가의 균형이 좋은 나라에서 살면, '쉼'에 대해 관대해진다. 남들보다 일찍 출근해서 일하고, 야근까지 하며 일하는 한국에서의 삶과는 사뭇 다르다. 잠시라도 쉬는 시간이 생기면, 뭘 해야 한다는 강박에 있었던 나는 쉬어야 하는 시간에 잘 쉬지 못했다. 정작 내게 쉼이 필요했던 순간에는 고되게 일을 하고 있었다. 그리고 항상 후회했다. 쉬어도 괜찮았는데.

'쉼'에 대한 관대함에 대해 배우는 순간이 감사했다. 나는 이제 쉬는 것에 대한 죄책감을 느끼지 않기로 했다. 쉼의 중요성을 알기에 일이 끝나면 자연에 머무는 시간을 많이 가지기로 다짐했다. 천천히 그리고 느리게. 그 시간에 다른 것은 신경 쓰지 않고, 온전히 나에게 집중하기로.

시드니에서 나의 1년은 쉬어가도 괜찮아, 를 배우는 시간이었다. 자연을 벗 삼아 걸을 때마다 생각했다. 나를 너무 몰아치지 않아도 된다고, 매 순간 치열하고 뜨겁게 아등바등 살아온 나에게 쉼이란 소중한 것임을 말해주는 시간이었다. 대신에 잘 쉬자.

'쉬어도 좋아.'

159

에피소드 17.

도전하는 삶

한국에서 벗어나서 외국에서 사는 것. 언제부터인가 외국에서 사는 것을 꿈꿨었다. 넓고 넓은 세상에서 다양한 문화를 경험하며 살아보는 것이 나의 목표가 되었다. 나의 지경이 넓어지는 것을 경험하고 싶었다. 내가 사는 한국에서의 삶이 전부가 아니라는 것을 몸소 체험하고 싶었다. 매일 똑같이 반복되는 일상이 감사하기도 했지만, 변화가 없는 것을 지루해하는 나를 발견했다. 새로운 경험으로 채워가야 했다.

음대 졸업 후에 아이들을 좋아하는 마음이 커서, 피아노를 배우고 싶어 하는 아이들에게 피아노를 가르치는 일을 오래 했었다. 내가 제일 잘 할 수 있는 천직이었다. 피아노를 가르칠 때만큼은 완벽하게 호랑이 선생님이었던 20대의 나는 점점 변하기 시작했다. 아이들과 함께 시간을 보내면서 호랑이 선생님은 아이들을 오래도록 대할 수 없다는 것을 깨닫고, 아이들과 소통하고 공감하는 상냥한 선생님으로 점차 바뀌어 갔다.

아이들을 가르치는 것과 학원 일을 하는 것은 다른 문제였다. 학원이라는 곳은 엄연히 직장 상사가 존재하는 곳이었다. 아이들을 교육하는 선생님으로만 있고 싶었지만, 가끔은 상사의 말도 안 되는 히스테리를 받아내야 하는 상황들도 생겼다. 교육과는 상관없이, 그때 그 상사는 내가 자기에게 아부하고, 본인에게 잘 보이길 바랐다. 아닌 건 절대 안 하는 성격 탓에 그 상사가 원하는 걸 해줄 수는 없었다. 내가 원하는 것은 그런 것보다, 아이들에게 필요한 교육을 하는 선생님이 되는 것이었다.

그 상황을 겪으면서 자유롭게, 아이들을 위한 교육을 하고 싶었고, 한국이 아닌 외국에서 아이들을 가르치고 싶은 마음이 들었다. 아이들을 잘 가르치는 경험과 아이들과 소통하는 노하우를 쌓아갈 이유가 생겼다. 언제 떠날지 모르는 미래의 상황에 나는 조금씩 준비했다. 아이들의 필요를 채워주는 교육을 하고 싶었던 나에게, 시간이 지나 외국에서 다양한 아이들을 만날 기회가 찾아왔다.

어쩌다 보니, 길든지 짧든지 외국에서 살게 되었다. 태국과 베트남에서의 2주간 단기 봉사활동을 시작으로 필리핀의 오지마을에서도 6개월간 현지 사람들과 필리핀 시골 마을을 경험하며 예능 〈정글의 법칙〉에 나오는 곳에서 살기도 했다.

필리핀 시골 마을에서 영어도 잘 모르는 비샤야어를 사용하는 현지 아이들을 가르칠 기회가 드디어 나에게 생겼다. 현지 아이들은 그야말로 순수함 그 자체였다. 모두들 크고 똘망똘망한 눈빛으로 한국에서 온 음악 선생님을 바라본다. 그 아이들에게 영어로 된 노래와 피아노 코드 반주를 알려주기 시작했다. 나는 비샤야어를 할 줄 몰라서 손과 발을 다 써가며, 아이들이 음악을 재미있게 배울 수 있도록 도와줬고, 간단한 피아노곡을 연주할 수 있도록 매일 시간을 들여서 아이들을 가르쳤다. 6개월 동안 현지 사람들과 만들어 갔던 음악 교실은 성공적이었다. 마지막 피날레로 어린이 합창단도 세워 마을 공연까지 하게 되었다. 그 시간은 자유롭고 즐거웠으며, 내가 한층 더 성장하는 시간으로 남았다. 그렇지만 한국에 있었더라면 계속 상사 밑에서 눈치를 보며 아이들을 가르쳤겠지?

이 경험을 바탕으로 또 한 번 도전을 꿈꿨다. 호주에서 1년 동안 살 때도, 그곳에서 피아노를 가르치고 싶었다. 한국에서만 머물지 않고 다양한 나라에서 다양한 사람들을 가르치고 싶었다. 영어를 잘하지 못해서 과연 나를 채용하는 곳이 있을까? 라고 생각이 들어서 도전할 때 생각이 많았다.

어느 날, 내가 바라는 대로 호주에서도 기회가 열렸다. 구인 구직하는 사이트에 프로필을 올려놓고, 피아노 상담이 오길 만을 기다렸다. 프로필에는 영어를 잘하지 못하는 것을 솔직하게 썼다. 두 형제의 어머님이 상담을 요청했고, 첫 수업을 하러 가는 날이었다. 연락이 온 것만으로도 기뻤던 나는 첫 수업은 무료로 진행하겠다고 했다.

그간 차곡차곡 쌓아온 노하우로 아이들과 이야기 하는 것이 어렵지 않았던 나는 첫 수업에 아이들과 친해졌다. 영어가 걸림돌이어서 걱정했었는데, 어머님은 피아노를 배우고 싶어하는 아이들의 생각을 존중해주셨다. 그렇게 나는 호주에서 아이들에게 피아노 수업을 할 수 있게 되었다. 아이들이 바라는 것을 먼저 생각하고 타지에서 생활하며 수업을 하는 나를 가족처럼 대해주셨던 어머님의 따뜻한 마음이, 내가 더 좋은 선생님이 되어야겠다는 마음을 갖게 했다. 전혀 생각지도 못했던 경험들이 나에게 주어졌을 때 나는 그것을 통해 성장하고 있었다.

한국에 있을 때 내가 준비하고 있지 않았다면 이런 경험들을 할 수 있었을까?

아름다운 자연이 있는 필리핀, 호주에서의 새로운 경험들, 베트남에서 한 달 살기를 했던 그 모든 시간이 지금의 내가 있게 해준 든든한 경험들로 남아있다.

키워드는 '도전'이었다. 내가 경험하지 못했던 새로운 것에 도전하는 삶을 늘 살았다. 지금 아니면 언제 해보겠어, 라는 생각으로 도전하는 것을 멈추지 않았다. 내가 가진 것이 조금 부족해도, 외국에서 살려면 꼭 필수조건인 영어가 조금은 서툴러도, 맨땅에 헤딩이라는 말처럼 조금은 무모해 보이는 경험일지라도, 온몸으로 부딪히며 도전하는 삶을 살았다.

"여자 혼자서 외국에서 사는 거 괜찮아?"

"거기 치안 괜찮대? 혼자서 괜찮겠어? 안 무서워?"

"또 해외 나가는 거야? 얼마나 있다 오는데?"

지인들의 걱정과 응원을 한 몸에 받았지만, 내가 가야 할 길은 내가 결정했다.

인생에 정답이 어딨어. 내가 하고 싶은 거 하는 거지.

해볼까, 하고 생각하는 일은 일단 주저 말고 도전하는 것이 답이었다. 가서 실패해도 뭐 어때. 내가 생각지도 못했던 좋은 경험들이 내 안에 남을 테니까 일단 해보는 거지. 용기를 내서 한 발자국 내딛는 순간 내가 엄청나게 성장할 거라는 것을 믿었다.

씩씩하고 용감한 여성이 될 테야. 모든 것이 새롭고 낯선 그 땅에서 'so what?'의 마음을 가지고 하루하루를 살아간다. 그랬더니 내가 걱정하고 주저했던 것들을 이제는 두려워하지 않게 되었다. 그냥 해보자는 마음으로 하면, 내 인생에 보석 같은 경험을 하게 된다. 진짜다.

외국에서 사는 삶 또한 절대 쉽지 않은 시간이었지만, 새로운 땅에서, 새로운 환경에서, 새로운 문화를 배우고, 나와는 다른 문화권에서 사는 사람들과 친구가 되는 시간이 너무나 소중했다. 한국에서만 있었다면 절대 할 수 없었던 경험을 내 안에 차곡차곡 쌓는다. 태국, 필리핀, 호주, 베트남에서 경험하는 모든 것이 처음이라 서툴고, 모르는 것이 더 많이 있었지만, 항상 그때마다 슈퍼맨처럼 짠! 하고 내 서투름과 부족함을 채워주고 도와주는 사람들이 나타났다. 혹여나 놓칠까 봐 꼭 쥐고 있었던 인간관계에 대해서도 자유롭게 생각하기로 했다.

171

모든 걱정과 고민으로부터 자유로워지자. 고민하고 있었던 것에 용기 있게 도전함으로써 나의 세상은 넓어졌고, 광활한 인생에 대해 배웠다.

　　주저하지 마라. 용기를 내라. 그리고 도전하라.

　　내가 성장하는 과정에서 만나는 경험들은 소중하니까.

에피소드 18.

Figure 8 Pool

룸메이트를 통해 알게 된 지인과 룸메이트와 함께 Day off를 즐기러 시드니 나들이를 가기로 했다. 날이 좋아서 예쁜 원피스를 입고 나온 룸메이트, 나도 가벼운 옷차림으로 나들이 시작. 마트에서 간단한 간식거리를 사서, 지인을 만나 트레인을 타고 어디론가 떠난다. 당연히 시드니 시티로 가는 거로 생각했는데, 지인이 평소에 잘 타지 않던 라인을 타고 한참을 데려가더니, 도심을 벗어난 후에야 히히 웃으며 말한다.

"우리 트레킹 하러 가는 거야."

나는 무척이나 당황스러웠다. 우리는 당연히 점심을

먹으러 가는 줄 알았고, 빈속이었기 때문이다. 우리한테 있는 거라고는 아까 산 초콜릿 몇 개와 물 한 병, 그리고 만다린뿐이었다. (이 소중한 식량은 후에 빛을 발한다.) 심지어 내 룸메이트는 원피스를 입었다. 그런데 어쩌겠는가? 이미 가고 있는걸. 지인은 신이 난 듯했다. 결국에는 나도 생각지도 못하게 주어진 이 상황을 즐기기로 했다. 황당했지만 내심 어떤 곳인지 기대가 되기 때문이었다.

우리를 태운 트레인은 이미 도심을 벗어나서 외곽인 Otford 역을 향해 달리고 있었다. 창문 바깥의 풍경은 내가 있는 도심에서는 볼 수 없었던, 새로운 자연 풍경들이 지나간다. 열의를 다해 삶에 부딪치고 있었던 나는, 비로소 여행하는 기분이 들었다.

Royal national park에 있는 Figure 8 Pool. 우리가 가는 곳이었다. 목적지인 Figure 8 pool에 가려면 트레킹을 해야 한다. 우리는 서로를 의지하며 그곳을 향해 거침없이 나아갔다.

그곳은 애니메이션 〈정글북〉에 나오는 것처럼 태어나서 본 적 없는 나무들과 식물들로 얽히고설켜 있는 울창한 정글 숲을 헤치고, 졸졸 흐르는 계곡에 있는 징검다리도 하나씩 건너야만 했다. 그러다가 바위가 나오면 일단 손과 발 모두를 사용해 바위를 기어 올라갔다. 근데 재미있는 것은 그 시간이 이상하게도 즐겁고 좋았다는 것이었다. 마음과 생각마저 깨끗해지는 자연 속에서 우리는 함께 걸었고, 목적지를 향해 가는 게 희한하게 기분을 상쾌하게 했다. 또 트레킹 장비를 착용한 사람들이 지나가면서 장비도 없이 원피스와 가벼운 옷차림을 한 우리를 보고 응원을 해주는 그 상황이 너무 웃기기만 했다. 그렇게 서로를 의지하여 오르다 보면 눈부신 광경이 기가 막히게 펼쳐진다.

시드니의 거대하고 웅장한 대자연을 맛보게 된다. 자연이 주는 경이로움은 이루 말할 수 없다. 하늘과 바다는 푸르게 맞닿아 있다. 파도에 침식된 절벽은 오랜 시간을 타고 멈춰 서있다. 드넓은 들판은 세상의 소음을 잡아먹는다. 오로지 자연, 그것만이 내 숨을 멎게 한다. 이를 보여 주고 싶었던 지인에게 고마운 마음이 들었다. 이 경험은 지인이 내게 준 최고의 선물이었다.

"나를 이곳에 데려와 줘서 고마워."

문득 높다란 파도에 깜짝 놀라며 불현듯 두려움이 몰려온다. 역시, 방심은 금물. 태어나서 그렇게 하늘 높이 치는 파도는 처음 봤다. 공중에 흩뿌려지는 파도의 잔해들은 크고, 작은 무지개를 만들어낸다. 눈 앞에 펼쳐지는 대자연 앞에서 나는 한없이 작은 존재임을 자각하게 된다. 나 Figure 8 Pool까지 갈 수 있을까? 그렇지만 조금의 용기를 쥐어짜며 한 발짝씩 나아가 본다.

앞 사람을 따라 하나하나 걸어간 지 얼마나 되었을까. 마침내 고지가 눈앞에 보였다. 푸른빛 바다와 맑고 푸른 하늘, 겹겹이 깎여 있는 절벽의 삼박자가 맞아서 더없이 아름다운 곳. 이곳은 바다와 연결되어 있어 깨끗하고 투명한 바닷물로 가득하고, 처음 보는 물고기들이 헤엄치고 있었다. 굳이 스노클링을 하지 않아도 바닷속을 구경할 수 있는 Figure 8 Pool.

날씨에 따라 바닷물에 덮여서 수중이 보이지 않을 때가 있지만, 우리가 갔을 때는 마침 날씨가 끝내주게 좋았다. 우리는 자연이 만들어낸 에메랄드빛 싱크홀을 여러 개 볼 수 있었다. 또 주변에는 이런 바다를 헤엄치며 수영을 즐기는 사람들도 있었다. 그들을 보고 있노라면 나도 다음에는 꼭 수영복을 챙겨오리라 하고 절로 다짐하게 되었다.

해가 떨어지기 전, 왔던 길로 다시 돌아가야 하는 우리는 부지런히 발걸음을 옮겼다. 바위도 오르고 물도 건너고 숲을 헤치며 트레인역에 도착했을 땐 이미 해가 다 진 뒤였다. 나는 너무 배가 고팠다. 그때 한 생각이 번뜩였다. 나는 가방에서 아끼고 아껴두었던 만다린 하나를 꺼냈다. 그걸 입에 넣는 순간, 세상을 다 가진 기분이었다.

발걸음을 떼지 않으면 절대 경험하지 못하는 순간들을 경험하니, 여행도 그렇거니와 인생도 무조건 계획대로 되는 것이 아니라는 걸 깨달았다. 즉흥적으로 여행을 해도, 인생을 살아도 모두 괜찮다. 당장에는 당황스럽고 이걸 어떻게 해야 하나 하고 걱정할 수도 있지만, 그 끝에는 Figure 8 Pool과도 같은 선물이 놓여 있을 것이다. 멀리 돌아가도 괜찮다. 다만 주저하지만 말자. 용기를 내자.

에피소드 19.

Vivid Sydney Festival

화려한 조명들이 시드니를 감싸는 시즌이 찾아왔다. 비비드 축제 소식이 들리면 시드니의 겨울이 시작이다. 겨울인 5월, 6월에는 빛 축제인 비비드 축제가 열린다. 평소와 다름없이 평화로운 시드니지만, 저녁 6시부터는 각종 크고 작은 조명으로 화려해지기 시작한다. 도심 중앙부부터 오페라 하우스, 하버 브리지, 더 락스, 달링하버, 루나 파크, 타롱가주, 바랑가루까지 레이저 쇼와 다양한 빛의 조화가 펼쳐진다. 스토리가 있는 레이저 쇼와 더불어 노래들이 흘러나오며 마치 한 편의 뮤지컬을 보는 것 같았다.

이 축제를 제일 많이 즐기러 간 곳은 당연히 내가 아끼는 곳인 서큘러키였다. 그곳에는 내 사랑 오페라 하우스와 하버 브리지, 더 락스, 시드니 천문대가 있다. 축제의 시작을 알리는 불꽃놀이가 오페라 하우스와 하버 브리지 위에서 화려함을 나타낸다. 하버 브리지와 오페라 하우스 위에서는 예쁜 불꽃이 쏟아져 내린다. 오페라 하우스의 하얀 배경은 캔버스로 변신하여 각종 그림들과 형형색색의 조명으로 가득 채워진다.

계속해서 새로운 디자인들과 조명으로 바뀌며 오랫동안 즐겨도 시간 가는 줄 모른다. 주변 건물들도 다양한 여러 조명들로 반짝인다. 시드니 현대 미술관 건물에도 조명과 영상들로 한 편의 동화를 만들어 보여 주고, 나레이션과 음악으로 하나의 예술 작품을 보여 준다. 밤바다 위에 'I LOVE SYDNEY' 조명을 단 페리들이 유유히 떠다니는 모습마저 사랑스럽다. 도시를 걷다 보면 예술 조형물이 조명으로 뒤덮여서 자리를 차지하고 있었다. 구경하는 사람들이 즐길 수 있도록 신기한 조형물을 배치해서 사람들의 시선을 사로잡는다. 시드니의 야경을 아름답게 밝히는 비비드 축제.

아기자기하고 코지한 락스 마켓에서는 축제를 즐기러 온 사람들이 먹을 수 있는 다양한 먹거리를 판매하고 있었다. 모두가 음식을 먹으며 따스하고 즐겁게 축제를 즐긴다. 이 축제는 내가 시드니에 도착하고 얼마 되지 않아 열렸다. 축제를 보고 나서 이 도시가 더욱 좋아졌다.

　　"이렇게 아름다운 시드니를 어떻게 사랑하지 않을 수가 있겠어?"

나는 이곳을 왜 이렇게 좋아했을까? 서큘러키는 시드니를 상징하는 장소였는데, 왠지 모르게 그곳에 있으면 평정심을 갖게 되고 자유로워지는 느낌이었다. 오페라 하우스와 하버 브리지를 보는 것만으로도 힐링 그 자체였다. 산책을 할 때나 페리를 타고 갈 때 여러 방면으로 그곳을 관찰하는 게 좋았다. 시드니 천문대에서는 한눈에 하버 브리지와 오페라 하우스 루나 파크까지 보여서 나만의 시간을 갖기 좋았다. 시드니에서 살며 가장 많이 방문했던 서큘러키는 내 마음의 안식처가 되어준 소중한 장소이다. 호주에서 살다가 생각이 많을 때, 한 치의 망설임도 없이 다이어리와 펜, 그리고 커피 한잔을 손에 꼭 쥐고 갔던 나의 소중한 장소. 지금도 내 핸드폰 배경은 내가 찍은 오페라 하우스 사진이다.

나 시드니를 지독하게 사랑하게 됐나 봐.

에피소드 20.

사막 여행

트레킹을 함께 했던 친구들과 포트스테판 사막 투어를 가기로 했다. 마침 세 명 다 Day off 날짜가 맞아서 투어를 신청했다. 호주는 섬나라이기도 하지만, 내륙으로 갈수록 사막으로 이루어진 땅이었다. 조금만 드라이브를 해서 가다 보면, 사막을 만날 수 있었다.

뜨거운 햇빛이 쏟아지는 여름, 날이 더웠지만, 우리는 사막을 향해 달려갔다. 사막으로 가기 전에 우리가 통과해야 하는 관문은 바로 요트를 타고 바다를 항해하는 것이었다. 우리가 요트장에 도착했을 때는 역동적으로 활기가 넘치는 바다를 볼 수 있었다. 거기서 재미있는 액티비티를 즐기며 수영을 즐기는 사람들이 많이 있었고, 여유 있게 해변에 누워서 낮잠을 자는 사람들도 있었다. 역시, 호주는 자유롭구나. 국기를 멋스럽게 여기저기에 단 요트를 타고서 맞이하는 바닷바람이, 뜨거웠던 온도를 시원하게 만들어준다.

한참을 달리고 있었는데 갑자기 배 안이 시끌시끌하다. 이유는 요트 옆으로 돌고래들이 함께 헤엄을 치고 있었기 때문이었다. 바로 눈앞에서 돌고래들이 점프한다. 가까이에 돌고래가 있는 것이 신기했다.

"우와 돌고래 점프하는 거 봤어?"

"돌고래가 바로 우리 옆에 있어. 3마리야. 새끼 돌고래도 있잖아."

"돌고래를 보다니 엄청 럭키다."

그렇게 헤엄치는 돌고래 가족을 바라보면서, 자연의 신비로움을 다시 한번 느꼈다.

요트에서 내려 차로 조금 더 달리다 보니, 어느새 공기는 조금 더 건조해져 있었다. 불어오는 바람을 타고 사막의 모래 알갱이도 느껴진다. 원숭이 친구 아부와 함께 마법의 양탄자를 타고 거친 사막을 활보하고 있는 알라딘과 쟈스민 공주가 자연스럽게 떠올랐다. 이내 주변은 사막으로 바뀌었다. 모래로 산을 이루고 있는 사막에 내리자마자, 샌들을 신고 온 것을 후회했다. 그늘 한 점 없이 뜨거운 여름의 사막은 불덩이처럼 뜨거웠다. 발가락 사이로 고운 입자의 사막 모래가 따끔하게 닿는다.

뜨거운 사막에서 우리가 즐길 것은 단 하나. 바로 모래 슬라이드를 타는 것이었다. 까만 보드를 하나씩 손에 들고, 높디높은 사막 산을 올랐다. 운동화를 신은 친구들은 거침없이 사막 산에 올라갔지만, 한층 달궈진 모래에 푹푹 빠지던 샌들을 신은 내 발은 따갑게 익어갔다. 우리는 땀이 주르륵 나는 더위와 싸우면서 사막을 오르다가 인생 사진을 찍어보기로 했다.

"일단, 너무 뜨거우니까 보드 위에 올라가서 찍자."

"보드 타는 것처럼 포즈 잡아봐."

어느새 더위를 잊고 마냥 신이 났다. 우리는 신나게 다양한 포즈로 사진을 찍으며 사막을 즐겼다. 언덕 위에서 부터 미끄러져 내려오는 친구들은 모래 슬라이드에 온통 정신을 뺏겼지만, 나는 샌들 타는 냄새를 맡고서 사막 산을 오르는 걸 포기하고 임시로 설치된 천막으로 후다닥 내려갔다. 비록 슬라이드는 못 탔지만 친구들이랑 사막에 온 것만으로도 너무 즐거웠던 시간이었다. 그늘에서 흐르는 땀을 식히며, 모래 슬라이드에 빠져 있는 친구들을 바라보았다.

문득 베트남 무이네 사막을 갔던 기억이 떠올랐다. 그때 차를 타고 사막을 갔었는데 붉디 붉은 모래가 장관이었던 사막을 영영 지울 수 없었다. 때마침 나는 난생 처음으로 사막을 보기도 했다. 새의 깃털을 만지듯 보드라운 모래를 만져 본 그날의 풍경을 어찌 잊을 수 있을까. 나는 잠시 베트남에서의 추억과 포트스테판의 사막을 겹쳐 본다.

그러다가 저 멀리 사막 한구석에서 뜬금없이 낙타들이 걸어온다.

"우리 호주에 있는 거 맞지?"

낙타들은 왠지 중동이나 가야 볼 수 있을 거로 생각했는데, 이런 호주에서도 낙타들이 줄지어 유유히 걸어간다. 당황스럽지만 웃기기도 하고 신선하기도 해서 나도 모르게 웃음을 터뜨려버렸다.

일상을 벗어나 짧은 시간에 서로 전혀 다른 풍경을 보게 된 하루. 망망대해의 바다에서 유유히 헤엄을 치며 지나갔던 돌고래들, 건조하고 뜨거웠던 사막에서 줄지어 걸어가던 낙타들.

만화영화에서나 나올 법한 현실감 없는 장면을 보게 되었을 때. 머리를 탁, 치게 하는 기분 좋은 당혹스러움. Day off에 집에 있으면서 밀린 집안일을 하거나, 가보지 않은 새로운 브런치 가게에서 새 메뉴를 먹어본다거나, 최소 일상의 바운더리 안에서 시간을 보낼 수도 있었지만, 평소에 하지 않는 사막 투어를 선택했다. 이 선택은 새로운 경험을 함으로써 '지금의 나'를 행복하게 해줬다.

　　우리는 언제나 현실과 이상, 그 선택의 갈림길에 서 있다. 당장 나를 만족시키는 것이 무엇인지 고민하는 것은 다 똑같다. 여행을 갈 것인지, 일을 할 것인지. 도전을 할 것인지, 현재에 안주할 것인지. 각자 처해 있는 상황에 맞는 선택을 한다. 어느 쪽을 선택하든, 그 선택에 최선을 다하는 삶을 산다. 다만, 가끔은 매일 똑같은 일상에서 벗어나 이상을 선택하는 것도 나쁘지 않은 것 같다. 경험하지 못했을 풍경들을 보게 된 것은 내가 선택한 나의 행복이었다. 나에게 언제 다시 찾아올지 모르는 경험을 선택하는 순간이라면, 내가 행복해지는 것을 선택하고 싶다.

에피소드 21.

바로 지금

여행을 떠나고 외국에서 살면서 배우고 알게 된 중요한 사실은 바로 지금, 나에게 주어진 삶을 잘 살아낼 용기를 갖는 것이다. 이미 지나가 버린 과거, 아직 오지 않은 미래의 일들 때문에 걱정을 사서 하지 않기로 다짐한다. 지나간 일들은 그냥 그대로 두고 내가 지금 할 수 있는 것을 하기로 한다. 더이상 나를 힘들게 하는 것에 휘둘리지 않기로 한다. 당장 한 번에 바뀔 수는 없지만 괜찮다. 조금씩 해내면 된다. 서툴고, 모난 모습들은 깎여져 가고, 둥글게 다듬어져 가는 과정에서 배운 결과값이다.

생각이 많아 힘든 일이 있어도 말하지 못하고, 힘든 문제가 지나가야 가족들과 지인에게 힘들었다고, 아팠다고, 표현하는 성격 때문에 내가 나를 상하게 할 때가 있었다. 과거의 힘들었던 인간관계, 가정의 문제, 직장의 문제들을 현재의 삶까지 가지고 와서 고통스러워할 때가 있었다. 이러한 문제들은 나를 깊은 구렁텅이로 끌어 내리고 있었다. 그래서 더욱 이 악순환의 굴레에서 벗어나고 싶었다. 누군가가 나에게 정답을 말해줘도, 그것을 받아들일 시간이 필요했다. 그런 나를 회복하는 방법은 나를 사랑하고, 돌보는 것이었다. 처음부터 나를 사랑하는 일은 쉽지 않았다. 여전히 날카로운 잣대를 가진 화살들은 나를 향해 있었고, 스스로가 나를 엄격하게 대할 때가 많이 있었으니까. 내가 나를 사랑하기까지는 시간이 아주 많이 필요했다. 그럼에도 나를 사랑하려고 노력했다.

"타인의 시선과 판단에서 벗어나도 괜찮아.

이럴수록 내 마음에 더욱 집중하자.

내가 부족하고, 서툴고,

모난 모습을 가지고 있을지라도,

나는 나를 사랑해야 해.

나에게 주어진 삶을 선물이라고 생각하고,

내 삶을 불행의 테두리에 가두지 말자.

지금 내가 할 수 있는 걸 하자.

완벽하지 않아도 괜찮아.

내가 오늘을 살아갈 수 있음에 감사하자.

불편한 감정을 잘 흘려보내자."

이 모든 것을 할 수 있는 때는 미래가 아닌, 바로 지금이라는 것을 깨닫게 되었다. 우선순위에 나를 알아가고, 사랑하는 일을 두었다. 조금은 천천히, 느릿느릿 나의 속도에 맞춰서 해보기로 한다. 나를 사랑하는 일은 가치가 충분히 있었다. 복잡했던 생각들이 하나씩 단순해져 간다. 공기의 흐름이 바뀌면서, 내 생각의 흐름도 조금씩 바뀌었다. 시간이 걸려도 괜찮았다. 나는 내 마음이 평온한 상태이길 바랐다. 불편한 마음들을 잘 흘려보내고, 평온한 마음을 갖고 싶었다. 다른 욕심은 없었다. 그것만으로도 나는 충분했다.

내 마음을 자주 가까이에서 들여다보기로 했다. 불필요한 생각들을 덜어내고, 너그러운 마음과 넉넉한 마음으로 나를 따뜻하게 대해주기로 했다.

지금 나의 삶에 충실하고, 성실하게, 감사함을 느끼며 살아갈 것. 많이 웃고, 충분히 사랑하고 아껴줄 것. 주변을 둘러보며 도움이 필요한 곳에서 내 몫을 할 것. 타인보다 오늘 만나는 '나'를 더 많이 사랑할 것.

삶의 여행을 통해 배우고, 깨닫게 되는 과정들, 몸소 경험했던 많은 여행의 조각들이 모이고 모여서, 비로소 내 지난날의 힘들었던 불편한 감정로부터 자유로워진다. 모든 것들은 흘러간다. 내가 머물러 있는 지금이, 내가 존재하는 곳이, 따뜻한 세상이길 바란다.

그 변화를 시작할 수 있는 것은 바로 지금이다.

에필로그

지금을 사는 여행,

바로 지금 시작하세요.

지금을 사는 여행

낯선 곳에서의 굿모닝

2024년 7월 1일 1판 1쇄 발행

지은이 / 리틀블라썸

펴낸 곳 / 디디북스(디디컴퍼니)

출판등록 / 제2021-000112호

전자우편 / didicompany.kr@gmail.com

인스타그램 / @didi_company_books (출판사)

　　　　　　@blossom._.book (작가)

ISBN / 979-11-94078-00-5 (03810)

본 도서는 KoPub 바탕체 및 돋움체, 카페24단정해 및 빛나는별, 평창평화체, 제주고딕, 제주명조체, 태나다체를 사용하였습니다.